EL GRAN GATSBY

Por
F. Scott Fitzgerald

Tabla de Contenidos

Una vez más

Para

Zelda

Entonces usa el sombrero dorado, si eso la conmoverá;

Si puedes rebotar alto, rebota por ella también

Hasta que grite "Amante, con el sombrero dorado, amante que

rebotas alto, amante,

Debo tenerte"

Thomas Parke D'Invilliers

I

En mis años más jóvenes y vulnerables mi padre me dio un consejo al que le he estado dando vueltas en mi mente desde entonces.

"Cuando sientas que quieres criticar a alguien", me dijo, "sólo recuerda que no toda la gente en este mundo ha tenido las ventajas que tú has tenido".

No dijo nada más, pero siempre hemos sido inusualmente comunicativos en una forma reservada, y entendí que había querido decirme mucho más que eso. En consecuencia, me inclino a reservarme cualquier juicio, un hábito que me ha hecho conocer a muchas personas curiosas y que también me ha hecho víctima de no pocas personas aburridas. La mente anormal es rápida para detectar y pegarse a esta cualidad cuando ella aparece en una persona normal y resultó que cuando estuve en la universidad fui injustamente acusado de ser un político, porque me reservaba las aflicciones secretas de hombres desconocidos. No estaba interesado en conocer muchas de esas confidencias. Frecuentemente he fingido sueño, preocupación, o una frivolidad hostil, al darme cuenta, debido a una señal inequívoca, que una revelación íntima se avizoraba en el horizonte, ya que la revelación íntima de los jóvenes, o al menos las formas en que las expresan, son usualmente en forma de plagios y están empañadas por obvias omisiones. El reservarse un juicio es un asunto de esperanza infinita. Aún tengo algo de miedo de que algo se me escape si olvido que, tal como mi esnobista padre lo sugería, y yo de igual manera repetía, el sentido de decencia fundamental se reparte de manera desigual al nacer.

Y, después de jactarme de mi intolerancia, he tenido que admitir que esta tiene un límite. La conducta se funde en la dura piedra en un terreno fangoso, pero después de cierto tiempo, ya no me importa en qué está fundada. Cuando volví del Este el otoño pasado sentí que quería que el mundo fuese uniforme y con algún tipo de atención moral por siempre. Ya no quería más excursiones locas con atisbos del corazón humano. Sólo Gatsby, el hombre al que este libro debe su nombre, estaba exento de mi reacción – Gatsby, que representaba todo lo que yo detestaba. Si la personalidad es una serie continua de gestos exitosos, entonces había algo maravilloso en él, una sensibilidad acentuada hacia las promesas de la vida, como si fuese cercano a todas esas máquinas intrincadas que registran terremotos que ocurren a miles de millas. Esta capacidad de respuesta no tenía nada que ver con esa impresionabilidad sosa dignificada con el nombre "temperamento creativo" – Era un extraordinario regalo de esperanza, una disponibilidad romántica como no había encontrado jamás en ninguna otra persona y que posiblemente no vuelva a encontrar de nuevo. No – Gatsby resultó ser muy buena persona al final; era lo aprovechable de Gatsby, el polvo asqueroso que flotaba en la estela de sus sueños, lo que eliminó temporalmente mi interés por las tristezas y las efímeras euforias de los hombres.

* * *

Mi familia siempre ha sido prominente, gente de bien en esta ciudad del Medio Oeste durante tres generaciones. Los Carraway somos como un clan y por tradición nos consideramos descendientes de los Duques de Buccleuch, pero el verdadero fundador de la línea de mi familia fue el hermano de mi abuelo, que llegó aquí en el cincuenta y uno, envió a un sustituto a la Guerra Civil y comenzó el negocio de ferretería al por mayor que mi padre continúa hoy en día.

Nunca vi a este tío-abuelo, pero se supone que me parezco a él – especialmente en el austero retrato que cuelga en la oficina de mi padre. Me gradué en New Haven en 1915, justo un cuarto de siglo después de mi padre, más tarde participé en la demorada migración teutónica conocida como la Gran Guerra. Disfruté tanto esa incursión que regresé muy intranquilo. En vez de ser el agradable centro del mundo, el Medio Oeste se me había convertido en el andrajoso extremo del universo, así que decidí irme al Este y aprender todo sobre el negocio de los bonos. Todas las personas que conocía estaban en el negocio de los bonos, así que pensaba que este negocio podía mantener a un soltero más.

Todos mis tíos y tías lo discutieron como si se tratase de escoger una preparatoria, y finalmente dijeron: "Pues sí-í" poniendo caras graves y dubitativas. Mi padre estuvo de acuerdo en financiarme durante un año y después de varios retrasos, me fui al Este, permanentemente creía, en el verano del veintidós.

Lo más apremiante era encontrar un lugar en la ciudad, pero era una estación calurosa y acababa de dejar un lugar con amplias áreas de grama y árboles agradables, así que cuando un joven de la oficina sugirió que alquiláramos una casa en las afueras de la ciudad entre los dos, me pareció una gran idea. Encontró la casa; un bungaló de cartón maltratado por el tiempo en ochenta dólares al mes, pero al último momento la compañía lo envió a Whasington y me fui sólo al campo. Tenía un perro – o al menos lo tuve por un tiempo hasta que se escapó – un viejo Dodge y una finlandesa que tendía mi cama, me hacía el desayuno y murmuraba en finlandés en la cocina eléctrica.

Me sentí solitario por un par de días hasta que una mañana un hombre que había llegado antes que yo, me detuvo en el camino.

"¿Cómo se llega al pueblo de West Egg?" me preguntó con un aire de impotencia.

Le respondí. Y mientras me alejaba caminando sentí que ya no estaba solo. Era un guía, un explorador, un colono fundador. Aquel hombre me había dado el sentido de pertenencia del vecino.

Y así, con un sol radiante y con las hojas creciendo en los árboles, justo como crecen las cosas en las películas rápidas, tuve esa convicción familiar de que la vida comenzaba de nuevo con el verano.

Había tanto que leer, por una parte, y por otra, tanta salud para ser aspirada del aire fresco que brindaba aliento. Compré una docena de volúmenes sobre la banca y crédito y sobre valores bursátiles. Estos permanecieron en mis estantes en rojo y oro como monedas recién acuñadas que prometían descubrirme los secretos que sólo Midas, Morgan y Mecenas sabían. Además tenía la intención de leer muchos libros más. Yo era bastante letrado en la universidad – un año escribí una serie de editoriales solemnes y obvias para las Noticias de Yale – y ahora iba a traer de nuevo todas esas cosas a mi vida y convertirme de nuevo en el más limitado de todos los especialistas, el "hombre completo". Esto no es sólo un epigrama. La vida es mucho más exitosa cuando se le ve desde una sola ventana, después de todo.

Había sido una casualidad que hubiese alquilado una casa en una de las comunidades más extrañas de Norte América. Estaba en esa delgada y ruidosa isla que se extiende al este de New York y donde hay, entre otras curiosidades naturales, dos formaciones inusuales. A veinte millas de la ciudad, un par de huevos enormes idénticos en su forma y separados sólo por una pequeña bahía que salía justo desde el más domesticado cuerpo de agua salada del hemisferio occidental, el gran granero húmedo del Estrecho de Long Island. No son óvalos perfectos. Como en el cuento del huevo de Colón, ambos están aplastados en su extremo inferior, pero su semejanza física debe ser una fuente de perpetua maravilla para las gaviotas que vuelan por encima de ellos. Para quienes no tienen alas, un fenómeno más interesante es su disimilitud en todos sus aspectos excepto en su forma y tamaño.

Yo vivía en el West Egg, el... bueno, el menos elegante de los dos, aunque esta etiqueta es muy superficial para expresar el pequeño contraste bizarro y no poco siniestro entre ellos. Mi casa estaba en la punta del huevo, a sólo cincuenta yardas del Estrecho, justo en el medio de dos enormes lugares que se alquilaban por doce o quince mil dólares por temporada. El que estaba a mi derecha era colosal por cualquier estándar. Era de hecho, una imitación de algún Hôtel de Ville en Normandía, con una torre a un lado que lucía hermosa bajo una delgada cubierta de hiedra, una piscina de mármol y más de cuarenta acres de grama y jardín. Era la mansión de Gatsby, o más bien, como no conocía a Mr. Gatsby, era una mansión habitada por un caballero con ese nombre. Mi casa era un adefesio, pero uno pequeño, y había sido ignorada, así que tenía una vista al agua, una visión parcial de la grama de mi vecino y la reconfortante proximidad de millonarios – todo por ochenta dólares al mes.

Frente a la bahía, los blancos palacios del elegante East Egg brillaban sobre el agua y la historia del verano en realidad comienza en la tarde cuando fui hasta allá para cenar con la familia de Tom Buchanan. Daisy era mi prima en segundo grado y a Tom lo había conocido en la universidad, y justo después de la guerra pasé dos días con ellos en Chicago.

Su esposo, entre otros logros físicos, había sido uno de los más poderosos defensa final que haya jugado fútbol en New Haven, un personaje nacional en cierta forma , una de esas personas que al lograr una aguda excelencia a los veintiún años, todo lo que hacen después tiene el sabor del anticlímax.

Su familia era enormemente rica, incluso en la universidad tenía tanto dinero que daba lugar a reproches. Ahora había dejado Chicago para venirse al Este, de una manera tal que te quitaba el aliento. Por ejemplo, se había traído una manada de caballos de polo desde Lake Forest. Era difícil saber que un hombre de mi propia generación fuese lo suficientemente rico para hacer eso.

No sé por qué se vinieron al Este. Habían vivido en Francia durante un año sin ninguna razón en particular y luego anduvieron de aquí para allá sin descanso donde quiera que la gente jugara polo y los ricos estuvieran juntos. Estaban en constante movimiento decía Daisy por teléfono, pero yo no lo creía. No podía ver en el corazón de Daisy, pero sentía que Tom deambularía por siempre buscando ansiosamente la dramática turbulencia de algún juego de futbol irrecuperable.

Y entonces ocurrió que en una tibia tarde con mucho viento, conduje hasta East Egg para ver a dos viejos amigos a quienes apenas conocía. Su casa era aún más primorosa de lo que esperaba, una alegre mansión colonial georgiana roja y blanca que daba hacia la bahía. La grama comenzaba en la playa y llegaba hasta la puerta de entrada por un cuarto de milla, pasando por relojes solares, senderos de ladrillos y ardientes jardines; finalmente, cuando llegaba a la casa, subía por los lados en brillantes enredaderas como impulsadas por una carrera. El frente rompía su monotonía con una hilera de ventanas francesas que brillaban con un reflejo dorado y estaban ampliamente abiertas al tibio viento de la tarde y Tom Buchanan, con ropa de montar, estaba parado con sus piernas separadas en el porche de enfrente.

Había cambiado desde sus años en New Haven. Ahora era un hombre robusto de cabello pajizo en sus treintas con una boca dura y modales arrogantes. Unos altivos ojos brillantes dominaban su cara y le daban la apariencia de estar siempre agresivamente inclinado hacia adelante. NI siquiera la amanerada ostentación de su ropa de montar podía esconder el enorme poder de ese cuerpo. Parecía llenar las brillantes botas hasta tensar sus cordones y se podían ver los fuertes músculos moviéndose cuando su hombro se movía bajo su fino abrigo. Era un cuerpo capaz de ejercer una enorme influencia – un cuerpo cruel.

Su voz, ronca y profunda aumentaba la impresión de rebeldía que transmitía. Había un toque de desdén paternal en ella incluso hacia la gente que le gustaba. Y había hombres en New Haven que lo odiaban a más no poder.

"Ahora, no pienses que mi opinión sobre estos asuntos es final", parecía decir. "Sólo porque soy más fuerte y más hombre de lo que tú eres". Estábamos en la misma sociedad sénior y aunque no éramos íntimos amigos siempre tuve la impresión que aprobaba mi persona y quería que él me gustase con una áspera y desafiante nostalgia.

Hablamos durante algunos minutos en el porche soleado.

"Este es un lugar agradable, el que tengo" dijo con sus ojos centelleantes moviéndose sin descanso.

Tomándome de un brazo para hacerme voltear, con una mano amplia recorrió la vista del frente, incluyendo en su movimiento un jardín italiano hundido, un medio acre de rosas de intenso color y un bote con una proa ancha que golpeaba contra la marea del mar.

"Perteneció a Demaine, el magnate del petróleo". Volvió a hacerme voltear, cortés y abruptamente. "Entremos". Caminamos por un alto vestíbulo hacia un espacio brillante color rosa frágilmente añadido a la casa por medio de ventanas francesas en ambos extremos. Las ventanas estaban entreabiertas y de un blanco reluciente contra la fresca grama de afuera que parecía crecer un poco hacia la casa. Una brisa sopló a través del salón moviendo las cortinas; unas hacia dentro en un lado y otras hacia afuera en el otro, como si fuesen pálidas banderas, retorciéndolas hacia el techo color pastel de bodas y luego las hacía ondular sobre la alfombra color vino proyectando una sombra sobre ella como lo hace el viento en el mar.

El único objeto estacionario en el salón era un enorme sofá sobre el cual dos jóvenes mujeres se veían animadas como si estuvieran en un globo anclado a la tierra. Las dos estaban de blanco y sus vestidos ondulaban y revoloteaban como si las hubiesen traídos de regreso luego de un corto vuelo por la casa. Me debo haber detenido por un momento al oír las cortinas azotando y chasqueando y el gruñido de una foto en la pared. Entonces hubo un fuerte sonido cuando Tom

Buchanan cerró la ventana trasera y el viento atrapado se desvaneció en el salón, y las cortinas, las alfombras y las dos chicas descendieron en su globo lentamente hacia el piso.

La más joven de las dos era una total extraña para mí. Estaba extendida por completo en su lado del sofá, absolutamente inmóvil, con su quijada ligeramente levantada como si estuviera balanceando algo con ella que estuviera a punto de caerse. Si me vio con el rabillo del ojo no lo dio a demostrar, sin lugar a dudas. Casi me sorprendió el haber murmurado una disculpa por haberla molestado al entrar.

La otra joven, Daisy, intentó levantarse, se inclinó ligeramente hacia adelante con una expresión concienzuda, luego se rio con una absurda, encantadora risita y yo me reí también y me adentré en el salón.

"Estoy p-paralizada de felicidad".

Volvió a reír, como si hubiese dicho algo muy ingenioso y sostuvo mi mano por un momento, mirándome a la cara, con la promesa que no había nadie más en el mundo que quisiera ver tanto. Era su forma de ser. Sugirió murmullando que el nombre de la chica del balance era Baker. (He oído que los murmullos de Daisy eran la forma de lograr que la gente se inclinara hacia ella, una crítica irrelevante que la hacía no menos encantadora).

De cualquier forma, los labios de Miss Baker se movieron, inclinó su cabeza hacia mí casi imperceptiblemente y rápidamente volvió a levantar su quijada de nuevo. Obviamente, el objeto que estaba balanceando se había tambaleado, lo que le había causado algo de miedo. De nuevo, algún tipo de disculpa me llegó a los labios. Casi cualquier demostración de total auto suficiencia me produce un sorprendente tributo hacia quien la hace.

Volteé a ver a mi prima, quien comenzó a hacerme preguntas con su baja y excitante voz. Era el tipo de voz que el oído sigue en todo momento como si cada expresión fuese un arreglo de notas musicales que no se volverán a tocar jamás. Su cara estaba triste y adorable con aspectos relumbrantes en ella, ojos brillantes y una boca refulgente y apasionada, pero había una emoción en su voz, que a los hombres que habían sentido algo por ella hallaban difícil de olvidar: un canto cómplice, un "oye" susurrado, la promesa que había hecho algo alegre, emocionante hacía poco tiempo y que habrían cosas alegres, excitantes rondando durante la próxima hora.

Le dije que me había detenido en Chicago por un día cuando venía hacia el Este y que una docena de personas le habían enviado su amor a través de mí

"¿Me extrañan?" Exclamó en éxtasis.

"Toda la ciudad está triste. Todos los autos tienen la rueda trasera izquierda pintada de negro como una corona de luto y hay un constante gemido durante toda la noche en la costa norte".

"¡Qué precioso! ¡Regresemos allí, Tom, mañana!" y luego añadió, sin que viniera al caso: "Tienes que ver a la bebé".

"Me gustaría".

"Está dormida. Tiene tres años. ¿La has visto alguna vez?"

"Nunca".

"Bueno, deberías verla. Ella es... "

Tom Buchanan, quien había estado rondando sin descanso por el salón se detuvo y puso su mano sobre mi hombro.

"¿Qué estás haciendo, Nick?"

"Trabajo con bonos".

"¿Con quién?"

Le respondí

"Nunca he oído de ellos", comentó con decisión.

"Los conocerás", respondí brevemente, "Lo harás si te quedas en el Este".

"Oh, claro que me quedaré en el Este. No te preocupes", dijo mirando a Daisy y luego a mí, como si estuviera pendiente de algo más. "Sería un maldito tonto para vivir en otro lugar".

En ese momento, Miss Baker dijo: "¡Absolutamente!" tan repentinamente que me sobresaltó. Era la primera palabra que había pronunciado desde que yo había entrado al salón. Evidentemente, ella se sorprendió tanto como yo, porque bostezó y con una serie de movimientos hábiles y rápidos se levantó.

"Estoy tiesa", se quejó, "He estado tendida en ese sofá desde que puedo recordar".

"No me veas a mí", respondió Daisy, "He pasado toda la tarde tratando que vayas a New York".

"No, gracias", le dijo Miss Baker a los cuatro cócteles que acababan de traer de la despensa. "Estoy en un estricto entrenamiento".

Su anfitrión la miró incrédulo.

"¡Lo estás!" Se tomó su trago como si sólo fuera una gota en el fondo de un vaso. "Cómo logras terminar algo, está fuera de mi entendimiento".

Miré a Miss Baker preguntándome que era lo que "había terminado". Disfruté viéndola. Era una chica esbelta con pechos pequeños, de porte erecto que acentuaba moviendo su cuerpo hacia atrás con los hombros, como un joven cadete. Sus ojos grises, encandilados por el sol, me miraron con cortés curiosidad recíproca desde una pálida, encantadora y disconforme cara. Pensé que la había visto antes, o una foto de ella, en alguna parte.

"Vive en el West Egg", comentó despectivamente. "Yo conozco a alguien allí".

"No conozco a alguna..."

"Debe conocer a Gatsby".

"¿Gatsby?" preguntó Daisy. "¿Qué Gatsby?"

Antes que pudiera responder qué él era mi vecino, se anunció la cena. Colocando su brazo bajo el mío imperativamente, Tom Buchanan me sacó del salón como si estuviera moviendo una ficha a otro cuadrado de un tablero.

Esbeltas, lánguidas, con sus manos ligeramente sobre sus caderas, las dos jóvenes nos precedieron hacia un porche color rosa, frente a la puesta del sol, donde cuatro velas titilaban sobre la mesa bajo una suave brisa.

"¿Para qué las velas?" protestó Daisy, frunciendo el ceño. Las apagó con sus dedos. Dentro de dos semanas tendrá lugar el día más largo del año". Nos miró radiante. "¿Ustedes no esperan el día más largo del año y luego se lo pierden? Yo siempre lo espero y luego me lo pierdo".

"Debemos planear algo", bostezó Miss Baker, sentada a la mesa como si fuese a meterse a la cama.

"Muy bien", dijo Daisy. "¿Qué planearemos?" Se volvió hacia mi impotente: "¿Qué planea la gente?"

Antes que pudiera responder, sus ojos se fijaron con una expresión desvalida en su dedo meñique.

"¡Miren!", se quejó, "Me duele".

Todos volteamos a mirar. Su nudillo estaba negro y azul.

"Fue tu culpa, Tom", dijo acusándolo. "Sé que no quisiste hacerlo, pero lo hiciste. Eso es lo que me pasa por casarme con un bruto, un espécimen físicamente corpulento, grande..." "Odio la palabra 'corpulento'", objetó Tom enojado, "ni siquiera en broma".

"Corpulento", insistió Daisy.

Algunas veces ella y Miss Baker hablaban al mismo tiempo, discretamente y con una burlona inconsecuencia que nunca era una conversación en realidad. Eran tan estupendas como sus vestidos blancos y sus ojos impersonales con ausencia de todo deseo. Estaban aquí y nos aceptaban a Tom y a mí, haciendo sólo un agradable y cortés esfuerzo por entretenernos o dejarse entretener. Sabían que pronto la cena terminaría y algo después terminaría la tarde que también sería olvidada. Era muy diferente al Oeste donde una tarde discurría de una fase a otra hasta que terminaba, con una anticipación continuamente decepcionante o en otros casos con un total nervioso pavor al momento mismo.

"Tú me haces sentir incivilizado Daisy", le confesé durante mi segundo vaso de un clarete con un ligero sabor a corcho aunque impresionante. "¿No puedes hablar sobre cosechas o algo así?"

No quería decir nada en particular con este comentario, pero fue tomado de una forma inesperada.

"La civilización está siendo destruida", saltó Tom violentamente. "Me he convertido en un terrible pesimista, ¿Has leído *El ascenso de los imperios de color* escrito por ese tipo Goddard?"

"Pues, no", respondí sorprendido por su tono.

"Bien es un buen libro y todo el mundo debería leerlo. La idea es que si no tenemos cuidado, la raza blanca será... será totalmente hundida. Es algo científico, ha sido probado".

"Tom se está poniendo muy profundo", dijo Daisy con una expresión de tristeza irreflexiva. "Él lee libros profundos con largas palabras en ellos. ¿Qué era el mundo que nosotros...?"

"Bien, todos estos libros son científicos", insistió Tom mirándola con impaciencia. "Esta persona ha resuelto todo. Depende de nosotros, la raza dominante, tener cuidado, o estas otras razas controlarán todo".

"Tenemos que vencerlos", susurró Daisy, parpadeando ferozmente contra el ardiente sol.

"Deberías vivir en California" comenzó a decir Miss Baker, pero Tom la interrumpió cambiando de posición pesadamente en su silla.

"La idea es que somos nórdicos, yo lo soy, tú lo eres y tú eres, y..." Luego de una ínfima duda, incluyó a Daisy asintiendo ligeramente con la cabeza y ella me guiñó un ojo. "...Y hemos producido todas las cosas que hacen la civilización... las ciencias y el arte y todo eso. ¿Ves?"

Había algo patético en su concentración, como si su complacencia, más aguda que antes, ya no le era suficiente, cuando, casi inmediatamente, el teléfono sonó y el mayordomo salió del porche, Daisy aprovechó la momentánea interrupción y se inclinó hacia mí.

"Te voy a decir un secreto de familia", susurró con entusiasmo, "Es sobre la nariz del mayordomo. ¿Quieres saber sobre la nariz del mayordomo?"

"Por eso fue que vine esta noche".

"Bien, no siempre fue un mayordomo, él pulía la platería de alguna gente de New York que tenía un servicio de plata para doscientas personas. Él tenía que pulirla desde la mañana hasta la noche, hasta que finalmente comenzó a afectar su nariz...". "Las cosas fueron de mal en peor", sugirió Miss Baker.

"Sí, las cosas fueron de mal en peor, hasta que finalmente tuvo que dejar ese trabajo".

Durante un momento, los últimos rayos de sol cayeron con afecto sobre su radiante cara, su voz me impulsaba hacia ella casi sin aliento mientras la oía; luego el brillo disminuyó, cada vestigio de luz abandonándola con un prolongado lamento, como niños al irse de una calle agradable al atardecer.

El mayordomo regresó y le murmuró algo a Tom en el oído, tras lo cual frunció el ceño, empujó su silla hacia atrás y sin decir palabra, entró en la casa. Como si su ausencia hubiese avivado algo dentro de ella, Daisy se inclinó hacia delante de nuevo, su voz brillante y cantarina.

"Me encanta verte en mi mesa Nick. Me recuerdas a.... a una rosa, una completa rosa. ¿No te parece?" Se volvió hacia Miss Baker buscando su confirmación. "¿Una rosa completa?"

No era cierto, ni remotamente me parezco a una rosa. Ella sólo estaba improvisando, pero una conmovedora calidez salió de ella, como si su corazón estuviera tratando de llegarte escondido en una de esas palabras emocionantes y casi sin aliento. De repente, lanzó su servilleta sobre la mesa, se excusó y entró en la casa.

Miss Baker y yo intercambiamos una rápida mirada desprovista de cualquier significado. Estaba a punto de hablar cuando ella se enderezó en la silla, alerta, y dijo: "Shhi", con una voz de advertencia. Un murmullo tenue y apasionado venía del salón y Miss Baker, sin ninguna vergüenza, se inclinó hacia adelante tratando de oír. El murmullo llegó al borde de la coherencia, disminuyó, aumentó con entusiasmo y de repente cesó.

"El Gatsby del que habló es mi vecino..." Comencé.

"No hable, quiero oír lo que pasa"

"¿Pasa algo?" pregunté inocentemente.

"¿Quiere decir que no lo sabe?" Dijo Miss Baker, sinceramente sorprendida. "Yo pensé qué todo el mundo lo sabía".

"Yo no".

"Caramba", dijo dudando. "Tom tiene una mujer en New York".

"¿Tiene una mujer?" Repetí sin comprender

Miss Baker asintió

"Pudo haber tenido la decencia de no llamarlo por teléfono durante la cena. ¿No cree?"

Casi antes que la entendiera, sonó el roce de un vestido y el crujido de unas botas de cuero y Tom y Daisy estaban de regreso en la mesa.

"¡No se pudo evitar!" gritó Daisy con una alegría tensa.

Se sentó, le echó una mirada a Miss Baker y luego a mí, y continuó: "Miré hacia afuera por un minuto y resultó muy romántico. Hay un pájaro en la grama, creo que es un ruiseñor venido en la Línea Cunard o la Star White. Está cantando..." su voz trinó: "Es romántico, muy romántico. ¿No es verdad Tom?"

"Muy romántico", dijo y entonces, lamentablemente, a mí: "Si hay suficiente luz después de la cena, quiero llevarte a los establos".

El teléfono sonó dentro de la casa, sorprendentemente, y cuando Daisy negó con su cabeza decisivamente hacia Tom, el tópico de los establos, de hecho, todos los tópicos desaparecieron en el aire. Entre los fragmentos rotos en los últimos cinco minutos en la mesa, recuerdo que las velas fueron encendidas de nuevo sin ningún motivo y estuve consciente de querer mirar de frente a todos y al mismo tiempo evitar los ojos de todos. No podía adivinar lo que pensaban Daisy y Tom, pero dudo que ni siquiera Miss Baker, que parecía dominar un cierto escepticismo fuerte, fuese capaz de dejar de pensar por completo en la estridente urgencia telefónica de esta quinta invitada. Para el temperamento de algunos, la situación podría haber parecido interesante. Mi instinto era llamar inmediatamente a la policía.

Los caballos, es innecesario decirlo, no se volvieron a mencionar. Tom y Miss Baker, con varios pies de penumbra entre ellos, caminaron de regreso a la biblioteca, como si fuesen a estar en la vigilia de un cuerpo perfectamente tangible, y al mismo tiempo tratar de parecer agradablemente interesados y un poco sordos. Yo seguí a Daisy alrededor de una cadena de terrazas interconectadas hacia el porche del frente. En la profunda penumbra nos sentamos juntos en un sofá de mimbre.

Daisy puso su cara entre sus manos como para sentir su hermosa forma y sus ojos se movieron gradualmente hacia el anochecer aterciopelado. Vi las turbulentas emociones que la poseían, así que le hice lo que creía serían unas preguntas calmantes sobre su pequeña niña.

"No nos conocemos muy bien, Nick", dijo de repente. "Aun cuando seamos primos. No viniste a mi boda".

"No había regresado de la guerra".

"Es cierto", Dudó por un momento. "Bien, he tenido muy malos momentos, Nick, y soy muy cínica acerca de todo".

Evidentemente que tenía razones para serlo. Esperé, pero no dijo mucho más, y después de un momento volví, aunque más débilmente a hablar sobre su hija.

"Me imagino que ya habla... come sola y todo eso".

"Oh, sí". Me miró distraída. "Oye, Nick, déjame decirte lo que dije cuando nació. ¿Te gustaría oírlo?"

"Muchísimo".

"Eso te mostrará como he llegado a sentirme acerca de... las cosas. Bien, tenía una hora de nacida y Tom estaba sabe Dios donde. Me desperté del éter con un sentimiento de estar completamente abandonada y le pregunté a la enfermera si era un niño o una niña. Me dijo que era una niña, así que aparté la cabeza y lloré. Está bien, me alegra que sea una niña", dije, "y espero que sea tonta – es lo mejor que una niña puede ser en este mundo, una hermosa niña tonta".

"Ves, pienso que todo es terrible, de cualquier manera", continuó convencida. "Todo el mundo piensa así. Hasta la gente más avanzada, y yo lo sé. He estado en todas partes, he visto de todo y he hecho de todo". Sus ojos brillaron a su alrededor, de forma desafiante, como Tom, y se rio con un desdén estremecedor: "Sofisticado, Dios. ¡Yo soy sofisticada!"

En el instante que su voz se rompió, dejó de llamar mi atención y dejé de creerle, sentí una insinceridad básica en lo que me había dicho. Me hizo sentir incómodo, como si toda la tarde había sido algún tipo de engaño para producirme un sentimiento emotivo. Esperé, y estoy seguro que por un momento me miró con una sonrisa socarrona en su linda cara, como si hubiese asegurado su membresía en una distinguida sociedad secreta a la que ella y Tom pertenecían.

* * *

Adentro, el salón carmesí florecía con luz. Tom y Miss Baker estaban sentados a ambos extremos del largo sofá y ella le leía en voz alta el *Saturday Evening Post* a Tom. Las palabras, murmuradas y sin inflexión se atropellaban en un tono calmante. La lámpara, brillante sobre las botas de Tom y opaca sobre el pelo amarillo, como hojas de otoño de ella, relucía sobre el periódico mientras volteaba las páginas con el aleteo de los delgados músculos de sus brazos.

Cuando entramos nos pidió silencio por un momento con la mano levantada.

"Continuaremos", dijo tirando la revista sobre la mesa, "con la próxima edición",

Sostuvo su cuerpo con un movimiento inquieto de su rodilla y se levantó.

"Son las diez" comentó aparentemente viendo la hora en el techo. "Hora para que esta buena chica se vaya a la cama".

"Jordan va a jugar en el torneo mañana", explicó Daisy, "en Westchester".

"Oh, tú eres Jordan Baker".

Supe entonces porqué su cara me había resultado familiar. Su agradable expresión desdeñosa me había mirado desde muchas fotos en huecograbado de la vida deportiva en Ashville, Hot Springs y Palm Beach. Había oído también algunas historias críticas y desagradables sobre ella, pero las que fuesen, hacía tiempo las había olvidado.

"Buenas noches", dijo suavemente. "Despiértame a las ocho, ¿sí?"

"Si te despiertas".

"Lo haré, buenas noches, Mr. Carraway. Lo veo luego".

"Por supuesto que lo harás", confirmó Daisy. "De hecho, creo que organizaré una boda. Ven a menudo, Nick y yo como qué – oh – los uniré en un affaire. Tú sabes, los encerraré accidentalmente en un closet de lencería, los pondré juntos en un bote y cosas así"

"Buenas noches", dijo Miss Baker desde las escaleras. "No he oído nada".

"Ella es una buena chica", dijo Tom un momento después. "No deberían dejarla andar por todo el país de esa manera".

"¿Quién no debería dejarla?" preguntó Daisy fríamente.

"Su familia".

"Su familia es una tía de unos mil años. Además, Nick va a cuidarla, ¿No es así, Nick? Ella va a pasar muchos fines de semanas aquí este verano. Creo que la influencia hogareña será muy buena para ella".

Daisy y Tom se miraron por un momento en silencio.

"¿Ella es de New York?", pregunté enseguida.

"De Louisville. Nuestra blanca niñez la pasamos juntas allí. Nuestra hermosa blanca..."

"Le diste a Nick una charla desde el corazón en la terraza", reclamó Tom repentinamente.

"¿Lo hice?". Me miró. "No creo poder recordarlo, pero creo que hablamos sobre la raza nórdica. Sí, estoy segura que lo hicimos, como que se nos ocurrió de pronto y cuando uno se da cuenta..."

"No creas todo lo que oigas, Nick", me aconsejó.

Dije algo como que no había oído nada y pocos minutos después me levanté para irme a mi casa. Fueron a la puerta conmigo y se mantuvieron juntos en un alegre cuadrito de luz.

Cuando arrancaba mi auto, Daisy perentoriamente me dijo: "¡Espera!"

"Olvidé preguntarte algo, y es importante. Oímos que estás comprometido con un chica en el Oeste".

"Eso es correcto", corroboró Tom amablemente. "Oímos que estabas comprometido".

"Eso es una calumnia. Soy demasiado pobre".

"Pero lo oímos", insistió Daisy sorprendiéndome por abrirse de nuevo como una flor. "Lo oímos de tres personas, así que debe ser verdad".

Por supuesto que sabía a lo que se referían, pero no estaba ni remotamente comprometido. El que ese chisme hubiese sido publicado en las amonestaciones fue la razón por la que me vine al Este. No puedes dejar de salir con una buena amiga por culpa de los rumores y por otra parte no tenía interés en que hubiese rumores sobre un matrimonio.

Su interés me tocó y los hizo menos remotamente ricos; sin embargo, estaba confundido y un poco enojado mientras me alejaba. Me parecía que Daisy debía salir de esa casa con la niña en sus brazos, pero aparentemente esa idea no le había pasado ni remotamente por su mente. En cuanto a Tom, el hecho de que "tenía una mujer en New York" era verdaderamente menos sorprendente que el que hubiera quedado deprimido por leer un libro. Algo lo estaba haciendo mordisquear el borde de ideas rancias, como si su vigoroso egoísmo físico ya no alimentara su acuciante corazón.

Ya el verano estaba avanzado en los techos de las posadas y frente a los talleres al lado de las carreteras, donde las nuevas bombas rojas de gasolina permanecían en sitios iluminados. Cuando llegué a mi propiedad en West Egg, metí mi auto bajo su cobertizo y me senté un rato sobre un rodillo para grama abandonado en el patio. El viento había cesado, dejando una noche ruidosa, brillante, con la brisa golpeando los árboles y un persistente sonido de órgano a medida que todo el fuelle de la tierra sonaba con las ranas llenas de vida. La silueta de un gato moviéndose vacilaba bajo la luz de la luna, y, al voltear para verlo, me di cuenta que no estaba solo. A cincuenta pies una figura había surgido de la sombra de la mansión de mi vecino y estaba parada con sus manos en sus bolsillos mirando la pimienta plateada de las estrellas. Algo en sus movimientos pausados y la segura posición de sus pies sobre la grama sugería que era el mismo Mr. Gatsby que había salido para determinar cuál era su parte en nuestro cielo local.

Decidí llamarle. Miss Baker lo había mencionado durante la cena y eso serviría como una introducción, pero no lo hice porque repentinamente dio un indicio que preferiría estar sólo. Estiró sus brazos hacia el agua oscura de manera curiosa, y aunque estaba lejos de él, podía haber jurado que estaba temblando. Involuntariamente lancé una mirada hacia el mar y no noté nada excepto una luz verde solitaria, diminuta y lejos que podía haber sido el final de un muelle. Cuando volví a buscar a Gatsby se había desaparecido y quedé sólo de nuevo en la inquieta oscuridad.

II

Casi a mitad del camino entre West Egg y New York la carretera se hace paralela a la vía férrea y sigue a su lado por un cuarto de milla, como para dejar libre una cierta área de terreno desolada. Este es un valle de cenizas, una granja fantástica donde la ceniza crece como trigo en surcos, colinas y grotescos jardines; donde las cenizas toman la forma de casas, chimeneas, humo que flota en el aire y finalmente, de hombres cenicientos, que con un esfuerzo sobresaliente, se mueven débilmente y tambaleantes a través del aire polvoriento. Ocasionalmente, una línea de vagones grises que se mueve lentamente sobre una pista invisible produce un crujido espantoso y luego se detiene. Inmediatamente, los hombres cenicientos con espadas pesadas, se unen y provocan una nube impenetrable que esconde sus oscuras operaciones de la vista de todos.

Pero, por encima de la tierra gris y un espasmódico polvo oscuro que se desplaza sin cesar sobre ella, después de un momento, percibes los ojos del doctor T. J. Eckleburg. Son ojos azules y gigantescos. Sus retinas tienen la altura de una yarda. Ellos no miran desde una cara, si no desde un par de enormes espejuelos amarillos que descansan sobre una inexistente nariz. Evidentemente, algún oculista increíblemente bromista los puso allí para aumentar su número de pacientes en el Condado de Queens y luego se sumergió en una ceguera eterna o los olvidó y se mudó a otra parte. Pero sus ojos, un poco disminuidos por muchos días sin pintura, bajo el sol y el agua, caían sobre un solemne vertedero.

El valle de cenizas está bordeado por un lado por un rio pequeño y sucio, y cuando el puente levadizo se levanta para dejar pasar las barcazas, los pasajeros en los trenes detenidos pueden ver la triste escena durante una media hora. Siempre se hace un alto allí durante al menos un minuto, y fue por eso que conocí a la amante de Tom Buchanan.

El que tuviese una amante era algo en lo que se insistía en dondequiera que lo conocían. Sus conocidos resentían el que fuese a cafés populares con ella, la dejaba en una mesa y caminaba alrededor hablando con cualquiera que conociera.

Aunque sentía curiosidad por verla, no deseaba conocerla. Pero lo hice. Iba a New York por tren con Tom una tarde y cuando nos detuvimos por causa de los montones de cenizas, se levantó de un salto y tomándome por el codo, literalmente me obligó a salir del vagón.

"Vamos a bajarnos", insistió. "Quiero que conozcas a mi chica".

Pienso que había bebido mucho en el almuerzo y su empeño en contar con mi compañía bordeaba la violencia. En su arrogante presunción, yo no tenía nada que hacer los domingos en la tarde.

Lo seguí hasta una baja cerca ferroviaria encalada y nos regresamos unas cien yardas por el camino bajo la mirada fija del doctor Eckleburg. El único edificio a la vista era un pequeño bloque de ladrillos amarillos al borde de un terreno baldío, una especie de Calle Principal que lo servía, cerca de absolutamente nada. Uno de los tres locales que había se alquilaba, el otro era un restaurant que abría toda la noche y al que se llegaba por un rastro de cenizas, el tercero era un taller. *Reparaciones.* George B. Wilson. *Compra y venta de autos.* Y seguí a Tom al entrar allí. El interior se notaba poco próspero y desnudo. El único auto visible era una chatarra Ford cubierta de polvo tirada en un rincón oscuro. Estaba pensando que esta sombra de taller debía ser un escondite y que los suntuosos y románticos apartamentos estaban escondidos arriba, cuando el propietario apareció en la puerta de una oficina limpiándose las manos con un trapo sucio. Era un hombre rubio, soso, anémico y ligeramente buenmozo. Cuando nos vio un húmedo destello de esperanza brotó de sus ojos azul pálido.

"Hola Wilson, viejo" dijo Tom golpeándolo jovialmente en el hombro. "¿Cómo anda el negocio?"

"No puedo quejarme", respondió Wilson no muy convincente.

"¿Cuándo va a venderme ese auto?"

"La próxima semana, tengo a mi hombre trabajando en él ahora".

"Trabaja bien lento, ¿No?"

"No, no es lento", dijo Tom con frialdad. "Y si crees eso, quizás deba venderlo en otra parte después de todo".

"No quiero dar a entender eso", dijo Wilson rápidamente. "Yo sólo quise decir...."

Su voz disminuyó y Tom miró impacientemente alrededor del taller. Entonces oí pasos en las escaleras y en ese momento la figura gruesa de una mujer bloqueó la luz de la puerta de la oficina. Tenía unos treinta y cinco años y era ligeramente gruesa, pero movía su cuerpo sensualmente como pueden hacerlo algunas mujeres. Su cara, sobre un vestido manchado de azul oscuro crêpe-de-chine, no tenía ningún aspecto ni brillo de belleza, pero había una percepción inmediata de vitalidad en ella, como si los nervios de su cuerpo estuviesen constantemente tensos. Sonrió lentamente y caminando a través de su esposo como si fuera un fantasma le estrechó la mano a Tom, mirándole a los ojos de frente. Luego se humedeció los labios y sin volverse habló con su esposo con una voz suave, gruesa:

"Busca unas sillas, para que alguien pueda sentarse".

"Seguro", aceptó Wilson rápidamente y se dirigió a la pequeña oficina mezclándose inmediatamente con las paredes de color cemento, Un polvo blanco cenizoso veló su traje oscuro y su cabello pálido igual que velaba todas las cosas cercanas, excepto a su esposa quien se acercó más a Tom.

"Quiero verte", dijo Tom con voz intensa. "Toma el próximo tren".

"Está bien"

"Te espero cerca del kiosco de periódicos en el nivel inferior"

Ella asintió y se alejó de él justo cuando Wilson volvía con dos sillas de su oficina.

La esperamos por el camino sin que nos vieran. Faltaban pocos días para el Cuatro de Julio y un niño italiano gris y escuálido preparaba detonantes en fila a lo largo de la vía del tren.

"Este es un lugar terrible, ¿no?" dijo Tom intercambiando un ceño fruncido con el doctor Eckleburg.

"Horrible".

"A ella le hace bien irse"

"¿Su esposo no se queja?"

"¿Wilson? Él cree que ella va a visitar a su hermana en New York. Es tan tonto que no sabe que está vivo".

Así que Tom Buchanan, su chica y yo nos fuimos juntos a New York. No completamente juntos, porque Mrs. Wilson se había sentado discretamente en otro vagón. Tom ofreció esa ofrenda a la sensibilidad de las personas de East Egg que pudieran estar viajando en el tren.

Se había cambiado el vestido por uno de muselina marrón que se ajustó sobre su amplia cadera cuando Tom la ayudó a bajar al andén de New York. En el kiosco de periódicos, ella compró un ejemplar de *Town Tattle* y una revista sobre cine y en la farmacia de la estación una crema fría y un pequeño frasco de perfume. Arriba en la solemne vía llena de ruido, dejó pasar cuatro taxis antes de escoger uno nuevo color lavanda con tapicería gris y nos metimos en él alejándonos de la masa de gente en la estación hacia el brillante sol; pero inmediatamente se alejó abruptamente de la ventana e inclinándose hacia adelante, golpeó la ventana delantera del auto.

"Quiero uno de esos perros", dijo vivamente. "Quiero uno para el apartamento. Es agradable tener… un perro".

Retrocedimos hasta donde estaba un viejo gris que tenía un absurdo parecido con John D. Rockefeller. En una cesta que colgaba de su cuello se escondía una docena de perritos de raza indefinida.

"¿De qué raza son"?" preguntó Mrs. Wilson, expectante, mientras se asomaba por la ventana del taxi.

"De todas las razas. ¿Qué raza quiere, señora?"

"Quisiera uno de esos perros policía. ¿Me supongo que no tiene uno de esos?"

El hombre miró hacia la cesta dudando, metió su mano en ella y sacó uno, que se retorcía al tomarlo por atrás del cuello.

"Eso no es ningún perro policía", dijo Tom.

"No. No es exactamente un perro policía", dijo el hombre con una voz que mostraba decepción. "Es más bien un Airedale". Pasó su mano sobre la piel marrón de su espalda. "Mire esa piel, qué piel, este es un perro que nunca la molestará por atrapar un resfriado".

"Creo que es lindo", dijo Mrs. Wilson entusiasmada. ¿Cuánto es?"

"¿Ese perro?". Lo miró con admiración. "Ese perro le costará diez dólares".

El Airedale – sin lugar a dudas había un poco de Airedale en él, aunque sus patas eran sorprendentemente blancas – cambió de manos y terminó en el regazo de Mrs. Wilson que acariciaba su piel a prueba de agua en éxtasis.

"¿Es un muchacho o una muchacha? Preguntó con delicadeza.

"¿Ese perro? Ese perro es un muchacho".

"Es una perra", dijo Tom con decisión. "Aquí tiene su dinero. Vaya y compre diez perros más con eso".

Pasamos por la Quinta Avenida, tibia y suave, casi campestre, esa tarde de un domingo de verano. No me habría sorprendido ver una gran manada de blancas ovejas cruzar por la esquina.

"Esperen", dije, "tengo que bajarme aquí".

"No. No puedes hacerlo", intervino Tom rápidamente. "Myrtle se sentirá dolida si no subes al apartamento. ¿No es así, Myrtle?"

"Vamos", Llamaré por teléfono a mi hermana Catherine. Gente que usted debe conocer dice que es muy hermosa".

"Bien, me gustaría, pero..."

Continuamos, pasando de nuevo por el parque hacia la West Hundreds. En la calle 158 el taxi se detuvo en una parte donde había una hilera de casas-apartamentos color de torta blanca. Con una majestuosa mirada de bienvenida hacia el vecindario, Mrs. Wilson tomó su perro y sus otras compras y entró con altivez.

"Voy a tener los McKee como invitados", dijo mientras subíamos en el ascensor. "Y por supuesto, tengo que llamar a mi hermana también".

El apartamento estaba en el último piso. Una pequeña sala, un pequeño comedor, una pequeña habitación y un baño. La sala estaba abarrotada hasta las puertas con un conjunto de muebles tapizados demasiado grande para ella, así que moverse en la sala era tropezar continuamente con escenas de damas columpiándose en los jardines de Versailles. El único cuadro era una fotografía ampliada y desenfocada, aparentemente de una gallina sentada sobre una roca. Sin embargo, vista desde lejos, la gallina se convertía en una boina y la cara de una anciana corpulenta aparecía en la sala. Varios ejemplares viejos de *Town Tattle* estaban sobre la mesa junto con una copia de *Simon Called Peter* y algunas revistas amarillistas sobre Broadway. La primera preocupación de Mrs. Wilson era el perro. Un joven ascensorista fue de mala gana a buscar una caja llena de paja y un poco de leche a la cual añadió por iniciativa propia, una lata de grandes galletas duras para perros, una de las cuales se desintegró en el plato de leche en el transcurso de la tarde. Mientras tanto, Tom sacó una botella de whisky de la puerta de una cómoda cerrada con llave.

Me he embriagado sólo dos veces en mi vida, y la segunda vez fue esa tarde, así que tengo una idea tenue y borrosa sobre lo que ocurrió, aunque hasta después de las ocho el apartamento estaba lleno de un alegre sol. Sentada en el regazo de Tom, Mrs. Wilson llamo a varias personas por teléfono, entonces se acabaron los cigarrillos y salí a comprarlos en la farmacia de la esquina. Cuando regresé ambos habían desaparecido. Me senté discretamente en la sala y leí un capítulo de *Simon Called Peter*. O era una lectura muy mala o el whisky había distorsionado todo, porque no le encontré ningún sentido.

Justo cuando Tom y Myrtle (después de la primera bebida, Mrs. Wilson y yo nos llamamos por nuestro primer nombre) reaparecieron, los invitados comenzaron a llegar a la puerta.

La hermana, Catherine, era una chica esbelta, mundana, en sus treinta, con una sólida melena pelirroja y un cutis blanco lechoso empolvado. Sus cejas estaban sacadas y dibujadas de nuevo en un ángulo audaz, pero los esfuerzos de la naturaleza por restaurar la vieja alineación de sus cejas le daban un aire borroso a su cara. Cuando se movía producía un incesante tintineo cuando sus innumerables pulseras de cerámica se movían en sus brazos. Entró con tanta prisa autosuficiente y miró de una manera tan posesiva al mobiliario que me pregunté si viviría allí. Pero cuando se lo pregunté, se rió exageradamente, repitió mi pregunta en voz alta y me dijo que ella vivía con una amiga en un hotel.

Mr. McKee era un hombre pálido afeminado que vivía en el piso de abajo. Se acababa de afeitar, porque tenía una mancha blanca de espuma en su mejilla y era muy respetuoso al saludar a todos en la sala. Me contó que estaba en el "mundo artístico" y después supe que era fotógrafo y que había hecho la borrosa ampliación del retrato de la madre de Mrs. Wilson que flotaba como un ectoplasma sobre la pared. Su esposa era chillona, lánguida, buenamoza y horrible. Me dijo con orgullo, que su esposo la había fotografiado ciento veintisiete veces desde que se habían casado.

Mrs. Wilson se había cambiado de ropa un poco antes y ahora lucía un elaborado vestido para la tarde de chiffon color crema que emitía un continuo frufrú cuando se movía por la sala. Con la influencia del vestido, su personalidad también había sufrido un cambio. La intensa vitalidad que la había destacado en el taller se había convertido en una altivez impresionante. Su risa, sus gestos, sus afirmaciones se hicieron más intensamente afectadas a cada momento y a medida que ella se expandía, la sala se hacía más pequeña alrededor de ella hasta parecer que estaba girando sobre un ruidoso y crujiente pivote a través del aire lleno de humo.

"Querida", le dijo a su hermana con una voz alta, remilgada, "la mayoría de las personas te engañarán todo el tiempo. En lo único que piensan es en el dinero. La semana pasada vino una mujer a hacerme los pies, y cuando me pasó la factura, parecía que me había operado de apendicitis".

"¿Cuál era el nombre de la mujer?" preguntó Mrs. McKee.

"Mrs. Eberhardt. Ella va a hacerle los pies a la gente a domicilio".

"Me gusta tu vestido" dijo Mrs. McKee. "Creo que es adorable".

Mrs. Wilson rechazó el cumplido levantando una ceja con desdén.

"Es sólo una tonta cosa vieja". Dijo. "Simplemente me lo pongo algunas veces cuando no me importa cómo me veo".

"Pero se te ve maravilloso. Sabes lo que quiero decir", continuó Mrs. McKee. "Si Chester pudiera verte en esa pose, creo que podría hacer algo con ella".

Todos miramos en silencio a Mrs. Wilson que se quitó una hebra de cabello de los ojos y nos miró con una brillante sonrisa. Mr. McKee la miró intensamente con la cabeza de lado y luego se movió hacia adelante y hacia atrás lentamente de frente a su cara.

"Debería cambiar la luz", dijo después de un momento. "Me gustaría hacer resaltar tus facciones y trataría de atrapar todo el cabello".

"No pensaría en cambiar la luz", dijo Mrs. McKee. "Creo que es…"

Su esposo le dijo "Shhi" y todos habíamos volteado de nuevo hacia ella, cuando Tom Buchanan bostezó ruidosamente y se levantó.

"Tómense algo ustedes McKee", dijo. "Busca más hielo y agua mineral, Myrtle, antes que todo el mundo se quede dormido".

"Le dije a ese muchacho lo del hielo". Myrtle levantó las cejas con desesperación ante la negligencia de las clases bajas. "¡Esta gente! Tienes que estar detrás de ellos todo el tiempo".

Me miró y se rió sin sentido, luego se acercó al perro y lo besó en éxtasis y entró en la cocina, dando a entender que una docena de chefs esperaban por sus órdenes allí.

"He hecho algunas cosas buenas en Long Island", dijo Mr. McKee.

Tom le miró con la cara en blanco.

"Dos de ellas las tenemos enmarcadas abajo.

"¿Dos qué?" demandó Tom.

"Dos estudios. Uno de ellos lo llamo *Mountauk Point – Las Gaviotas,* y el otro lo llamo *Mountauk Point – El Mar*".

La hermana Catherine se sentó a mi lado en el sofá.

"¿Tú vives en Long Island, también?" preguntó.

"Vivo en West Egg".

"¿De verdad? Yo estuve en una fiesta allí hace casi un mes. En casa de un hombre llamado Gatsby. ¿Lo conoces?"

"Yo vivo al lado de él".

"Bueno, dicen que él es sobrino o primo del Káiser Wilhelm y que de allí es de donde viene su dinero".

"¿Cierto?".

Ella asintió.

"Yo le temo. Odiaría que la tomara conmigo",

Esta absorbente información acerca de mi vecino fue interrumpida por Mrs. McKee señalando repentinamente a Catherine.

"Chester, creo que podrías hacer algo con ella" exclamó, pero Mr. McKee asintió aburrido y puso su atención en Tom.

"Me gustaría trabajar más sobre Long Island si lograra entrar allí. Todo lo que pido es una ayuda"

"Pregúntale a Myrtle", dijo Tom rompiendo en una breve risa mientras Mrs. Wilson entraba con una bandeja. "Ella te dará una carta de presentación. ¿No es así, Myrtle?"

"¿Hacer qué?" preguntó sorprendida.

"Le darás a McKee una carta de presentación para tu esposo, para que él pueda hacer algunos estudios sobre él". Sus labios se movieron en silencio por un momento mientras inventaba, "'George B. Wilson en la bomba de gasolina' o algo así"

Catherine se inclinó hacia mí y me susurró en el oído: "Ninguno de los dos soporta a la persona con la que está casada".

"¿Ninguno de los dos?"

"No se soportan". Ella miró a Myrtle y luego a Tom. "Lo que digo es, ¿por qué seguir viviendo juntos si no se soportan? Si fuese mi caso, me divorciaría y me casaría con él inmediatamente".

"¿A ella tampoco le gusta Wilson?"

La repuesta fue inesperada. Vino de Myrtle que había oído la pregunta. Y fue violenta y obscena.

"¿Ves? Dijo Catherine con voz triunfante. Volvió a bajar la voz. "En verdad, es la esposa quien los mantiene separados. Ella es católica y ellos no creen en el divorcio".

Daisy no era católica y estaba un poco asombrado por lo elaborado de la mentira.

"Cuando se casen", continúo Catherine, "se van a ir al Oeste a vivir allí por un tiempo hasta que todo se acabe"

"Sería más discreto irse a Europa"

"¿Te gusta Europa?" Exclamó ella sorpresivamente. "Yo acabo de regresar de Monte Carlo"

"¿En verdad?".

"Justo el año pasado. Fui con otra chica".

"¿Estuviste mucho tiempo?"

"No, sólo fuimos a Monte Carlo y regresamos. Fuimos por Marseilles, teníamos un poco más de mil doscientos dólares cuando comenzamos, pero nos sacaron todo el dinero en dos días en los cuartos privados. Lo pasamos muy mal para regresar, te digo. Dios, cómo odio ese pueblo".

El cielo del final de la tarde resplandeció durante un momento en la ventana, como el azul miel del mediterráneo; entonces la voz altisonante de Mrs. McKee me pidió que volviera a la sala.

"Yo casi cometí un error también, dijo vigorosamente. "Por poco me caso con un pequeño judío que había estado detrás de mí durante años. Yo sabía que estaba debajo de mi nivel. Todo el mundo me decía '¡Lucille, ese hombre está muy por debajo de tu nivel!' Pero si no hubiese conocido a Chester, seguro me habría convencido".

"Sí, pero escucha", dijo Myrtle Wilson moviendo su cabeza de arriba abajo, "al menos no te casaste con él".

"Claro que no lo hice".

"Bien, yo me casé con él", dijo Myrtle ambiguamente. "Y esa es la diferencia entre tu caso y el mío".

"¿Por qué lo hiciste Myrtle? Reclamó Catherine. "Nadie te obligó".

Myrtle lo pensó un momento.

"Me casé con él porque creí que era un caballero", dijo finalmente. "Creí que tendría modales, pero no llegaba ni a lamerme los zapatos"

"Estuviste loca por él durante un tiempo", dijo Catherine.

"¿Loca por él?" Gritó Myrtle incrédula. "¿Quién dijo que yo estaba loca por él? Nunca estuve más loca por él que como lo haya estado por ese hombre de allá".

Repentinamente, me señaló y todo el mundo me miró de forma acusadora. Traté de mostrar que no esperaba ningún cariño de ella.

"La única vez que estuve loca fue cuando me casé con él. Enseguida supe que había cometido un error. Pidió prestado el mejor traje de alguien para casarse y nunca me dijo nada de eso. El hombre vino un día en que él no estaba: 'Oh, ¿Ese es su traje? Dije. Esta es la primera vez que oigo eso'. Pero se lo entregué y me acosté a llorar toda la tarde.

"Realmente ella debería alejarse de él", continuó Catherine viéndome. "Han estado viviendo sobre ese taller durante once años. Y Tom es el primer cariño que haya tenido jamás".

La botella de whisky – la segunda – estaba ahora siendo solicitada por todos los que estaban allí, excepto Catherine que "se sentía igual de bien sin consumir nada". Tom llamó al conserje y lo envió a comprar unos sándwiches famosos que eran una comida completa cada uno de ellos. Yo quería salir y caminar hacia el este hasta el parque en medio del suave atardecer, pero cada vez que trataba de irme, me enredaba en cualquier fuerte discusión que me detenía, como si fuesen cuerdas, atado a mi silla. Y sin embargo, muy alto sobre la ciudad, nuestra hilera de ventanas amarillas debía haber hecho su parte de secretismo humano para el observador casual en las calles que se oscurecían y que yo veía también, mirando hacia arriba y preguntándose qué pasaría. Yo estaba dentro y afuera, simultáneamente encantado y repelido por la inacabable variedad de vida.

Myrtle movió su silla cerca de la mía y de repente su tibio aliento me descargó toda la historia de su primer encuentro con Tom.

"Fue en los dos pequeños asientos, uno frente al otro que son siempre los últimos que quedan en el tren. Yo venía para New York a ver a mi hermana y a pasar la noche. Él tenía un traje de vestir y zapatos de patente, y no podía quitarle los ojos de encima, pero cada vez que me veía, pretendía estar viendo la propaganda sobre su cabeza. Cuando llegamos a la estación, él estaba a mi lado con su pechera blanca presionándome el brazo y le dije que tendría que llamar a un policía, pero él sabía que estaba mintiendo. Yo estaba tan emocionada, que cuando entré en un taxi con él, ni siquiera me di cuenta que no estaba en el metro. Lo único que pensaba una y otra vez, era 'No puedes vivir para siempre; no puedes vivir para siempre'".

Se volvió hacia Mrs. McKee y la sala se llenó con su risa artificial.

"Querida", dijo, "te voy a dar este vestido tan pronto como termine con él. Tengo que comprar otro mañana. Voy a hacer una lista de todas las cosas que hacer. Un masaje y ondearme el pelo, un collar para el perro y uno de esos bonitos ceniceros que tienen un resorte; y una corona de seda negra para la tumba de mi madre que dure todo el verano. Tengo que hacer una lista para no olvidar las cosas que tengo que hacer.

Eran las nueve – casi inmediatamente después vi mi reloj y ya eran las diez. Mr. McKee estaba dormido en una silla con sus puños cerrados sobre su regazo, como una fotografía de un hombre de acción. Saqué mi pañuelo y le limpié la mancha de espuma seca en su mejilla que me había molestado toda la tarde.

El perrito estaba sentado sobre la mesa mirando con los ojos cegado por el humo y gimiendo débilmente de vez en cuando. La gente aparecía, desaparecía, hacía planes para ir a alguna parte, luego se perdían, se buscaban y se encontraban a pocos pies de distancia. Cerca de la medianoche, Tom Buchanan y Mrs. Wilson discutieron cara a cara, con voces apasionadas, si Mrs. Wilson tenía algún derecho a mencionar el nombre de Daisy.

"¡Daisy! ¡Daisy! Daisy!" Gritó Mrs. Wilson. "¡Lo diré cuando quiera! ¡Daisy! ¡Dai...!"

Con un movimiento corto y hábil, Tom Buchanan le rompió la nariz con la mano abierta.

Entonces aparecieron toallas llenas de sangre en el piso del baño y voces de reproches de mujeres y por encima de toda la discusión, un largo y entrecortado gemido de dolor. Mr. McKee se despertó y se dirigió aturdido hacia la puerta. A medio camino se devolvió y se quedó mirando la escena. Su esposa y Catherine reprochando y consolando mientras se tropezaban por todas partes con el atiborrado mobiliario, con artículos de primeros auxilios y la desesperada persona en el sofá, sangrando profusamente y tratando de extender una copia de *Town Tattle* por la tapicería con las escenas de Versailles. Entonces, Mr. McKee se volvió y continuó hacia la puerta. Tomé mi sombrero del candelabro y lo seguí.

"Venga a almorzar alguna vez" sugirió mientras bajábamos por el gimiente ascensor.

"¿Dónde?"

"En cualquier parte".

"Mantenga las manos fuera de la palanca", espetó el muchacho del ascensor.

"¿Perdón?", dijo McKee con dignidad. "No sabía que la estaba tocando".

"Muy bien", estuve de acuerdo, "me encantará".

… Estaba parado al lado de su cama y él se sentó entre las sábanas, en interiores, con un gran portafolio en sus manos.

"La Bella y la Bestia,… Soledad… El Viejo caballo de abarrotes… El Puente de Brooklyn… "

Después estaba tendido, medio dormido en el frío bajo andén de la Estación de Pensilvania, mirando a la edición matutina del *Tribune* y esperando al tren de las cuatro.

III

La música venía de la casa de mi vecino en las noches de verano. En sus jardines azules, hombres y mujeres iban y venían entre susurros, champaña y las estrellas. Durante la marea alta de la tarde, observaba sus invitados zambulléndose desde la torre de su balsa, o tomando el sol en la caliente arena de su playa, al tiempo que dos botes a motor surcaban las aguas del estrecho remolcando tablas de esquiar sobre cataratas de espuma. Los fines de semana su Rolls-Royce se convertía en un ómnibus llevando grupos de gente desde y a la ciudad, entre las nueve de la mañana y pasada la medianoche, mientras que su camioneta correteaba como un rápido escarabajo amarillo para recibir a los trenes. Y los lunes ocho sirvientes, incluyendo un jardinero extra, trabajaban todo el día con trapeadores, cepillos para fregar, martillos y tijeras de podar para reparar los estragos de la noche anterior.

Todos los jueves, cinco cajas de naranjas y limones llegaban desde un frutero de New York y todos los lunes estos mismos limones y naranjas salían de su puerta trasera en una pirámide de mitades sin pulpa alguna. Había una máquina en la cocina que podía sacar el jugo de doscientas naranjas en media hora si un pequeño botón era presionado doscientas veces por el pulgar de un mayordomo.

Al menos cada quincena un cuerpo de camareros venía con varios cientos de pies de lona y suficientes luces de colores para convertir el enorme jardín de Gatsby en un árbol de navidad.

Las mesas de buffet, estaban adornadas con relucientes hors-d'ouvre, jamones horneados condimentados, abarrotadas con ensaladas con diseño de arlequines, cerdo en hojaldre y pavos que mostraban un dorado oscuro. En el salón principal, un bar con una barra de bronce real estaba servido con ginebra, licores y cordiales por tanto tiempo olvidados, que la mayoría de sus invitadas eran demasiado jóvenes para distinguir unos de otros.

A eso de las siete de la noche, la orquesta ha llegado, no un pequeño quinteto, sino una real; con oboes, trombones, saxofones, violas, cornetas, flautas y percusionistas altos y bajos. Los últimos bañistas ya han regresado de la playa y se están vistiendo arriba; los autos de New York están estacionados a cinco yardas de la calzada y ya los pasillos, salones y terrazas, lucen llamativos con colores primarios. Cabellos cortados en las más llamativas formas y chales más allá de los sueños de Castilla. El bar está en pleno apogeo y bandejas de cócteles llegan al jardín exterior, hasta el aire está vivo con las pláticas, risas e insinuaciones, presentaciones casuales olvidadas inmediatamente, y reuniones entusiastas entre mujeres que no se sabían los nombres de cada quien.

Las luces se hacen más brillantes y la tierra se aleja del sol. Ahora la orquesta está tocando música de cóctel y la ópera de voces suena en un tono más alto. La risa se hace más fácil cada minuto, derramada con prodigalidad hacia una palabra alegre. Los grupos cambian con más rapidez, con la llegada de nuevos invitados, se disuelven y se forman en un instante; ya hay quienes caminan de un lado a otro, chicas confiadas que se mueven entre los hombres más sólidos y estables y que logran por un breve y divertido momento ser el centro de un grupo; emocionadas con el triunfo pasan al mar de diferentes caras, voces y colores bajo la constantemente cambiante luz.

De repente, una de estas gitanas, con un temblor opalino, toma un cóctel de alguna parte, se lo traga para tener valor y moviendo sus manos como Frisco, baila sola en la plataforma bajo la lona. Un momentáneo silencio, el conductor de la orquesta cambia el ritmo amablemente por ella, y hay una explosión de comentarios cuando la errónea noticia se riega que ella es Gilda Grey, una sustituta de las Follies. La fiesta ha comenzado.

Creo que la primera vez que fui a la casa de Gatsby yo era uno de los pocos que en realidad había sido invitado. La gente no era invitada, sólo iba. Se metían en automóviles que llegaban a Long Island y, de alguna manera terminaban en la puerta de Gatsby. Una vez que eran presentados por alguien que conocía a Gatsby, se comportaban de acuerdo a las reglas de conducta asociadas a un parque de entretenimiento. Algunas veces llegaban y se iban sin haber conocido a Gatsby en absoluto. Venían por la fiesta con una sencillez de corazón que era su propio boleto de admisión.

En realidad yo había sido invitado. Un chófer con uniforme de huevo de petirrojo llegó a través de mi grama, temprano ese sábado por la mañana, con una sorprendente nota formal de su empleador: el honor sería por completo de Gatsby, decía, si asistiera a su "pequeña fiesta" esa noche. Me había visto varias veces, y había intentado llamarme hacía tiempo, pero una peculiar combinación de circunstancias lo había evitado - firmado Jay Gatsby, con una majestuosa cursiva.

Vestido con franela blanca, llegué a su patio un poco después de la siete y deambulé por allí algo incómodo entre remolinos de gente que no conocía. Sin embargo, aquí y allá había una cara que había visto en el tren. Inmediatamente fui sorprendido por el número de ingleses esparcidos; todos bien vestidos, todos se veían algo hambrientos, y le hablaban con voz baja y seria a sólidos y prósperos americanos. Estaba seguro que les estaban vendiendo algo: acciones, seguros o automóviles. Por lo menos estaban completamente seguros que cerca había dinero fácil y estaban seguros que pasaría a ellos por medio de unas pocas palabras en el tono correcto.

Tan pronto llegué hice el intento de hallar a mi anfitrión, pero a las dos o tres personas a quienes le pregunté dónde podía estar, mi miraron con sorpresa y negaron vehementemente cualquier conocimiento de sus movimientos, así que me escabullí en dirección a la mesa de cóctel, el único lugar del jardín en que un hombre podía estar sin parecer que no tenía nada que hacer o estaba sólo.

Estaba en camino de embriagarme por completo por pura vergüenza cuando Jordan Baker salió de la casa y se detuvo al comienzo de las escaleras de mármol, inclinándose un poco hacia atrás y mirando con despectivo interés hacia el jardín.

Bienvenido o no, creí necesario que alguien me acompañara antes de comenzar a dirigir comentarios cordiales a quienes pasaran cerca de mí.

"Hola", rugí, caminando hacia ella. Mi voz sonó anormalmente alta a través del jardín.

"Pensé que estarías aquí", respondió distraídamente mientras yo subía. "Recordé que tú vivías al lado"

Sostuvo mi mano de manera impersonal, como una promesa de que se encargaría de mí en un minuto, y se puso a oír a dos chicas con vestidos amarillos, que se habían detenido al pie de la escalera.

"¡Hola!", exclamaron al unísono, "lamentamos que no ganaras".

Se referían al torneo de golf. Ella había perdido en las finales la semana anterior.

"No sabes quienes somos", dijo una de las chicas de amarillo, "pero nos conocimos aquí hace un mes".

"Se pintaron el pelo desde entonces", comentó Jordan y yo comencé con ella, pero las chicas se habían ido de manera casual y el comentario de Jordan terminó dirigido hacia la luna prematura, producida como la cena, sin duda, de la cesta de un proveedor. Con el dorado y esbelto brazo de Jordan descansando sobre el mío, bajamos la escalera y paseamos por el jardín. Una bandeja de cócteles flotó hacia nosotros a través de la penumbra y nos sentamos a una mesa donde estaban las dos chicas de amarillo y tres hombres; cada uno de ellos se nos presentó como Mr. Mumble.

"¿Ustedes vienen a estas fiestas a menudo? Le preguntó Jordan a la chica al lado de ella.

"La última fue cuando te conocí", respondió la chica con una rápida voz confidencial. Se volvió hacia su compañera: "¿No lo fue para ti también Lucille?"

También lo era para Lucille.

"Me gusta venir", dijo Lucille. "Nunca me importa lo que haga, así que siempre me divierto, la última vez que vine, rompí mi vestido con una silla y me preguntó mi nombre y dirección. En una semana recibí un paquete de Croirer con un vestido de noche nuevo en él".

"¿Te lo quedaste?" preguntó Jordan."

"Por supuesto. Lo iba a usar esta noche, pero el busto era demasiado grande y debía ser arreglado. Era azul gas con cuentas de lavanda. Doscientos sesenta y cinco dólares".

"Hay algo gracioso sobre alguien que haga algo como eso", dijo la otra chica rápidamente, "no quiere tener problemas con nadie".

"¿Quién no?" Pregunté.

"Gatsby, alguien me dijo…"

Las dos chicas y Jordan se acercaron confidencialmente.

"Alguien me dijo que creía que él había matado a alguien alguna vez".

Una emoción nos sobrecogió a todos. Los tres Mr. Mumble se inclinaron hacia adelante y oyeron con atención.

"No creo que eso sea mucho", sostuvo Lucille escépticamente; "Más bien que fue un espía alemán durante la guerra".

Uno de los hombres asintió confirmándolo.

"Lo oí de un hombre que sabía todo sobre él. Creció con él en Alemania" Nos aseguró positivamente.

"Oh no", dijo la primera chica, "No puede haber sido eso, porque él estuvo en el ejército norteamericano durante la guerra". Mientras nuestra credulidad volvía hacia ella, quien se inclinó hacia adelante con entusiasmo. "Míralo algunas veces cuando él crea que nadie lo está viendo. Apuesto que ha matado a un hombre".

Entrecerró los ojos y tembló. Lucille tembló. Todos volteamos y miramos alrededor buscando a Gatsby. La especulación romántica sobre Gatsby era un testimonio de que él inspiraba esos murmullos en personas que habían encontrado muy poco sobre que murmurar en el mundo.

La primera cena – habría otra después de medianoche – estaba siendo servida ahora y Jordan me invitó a unirme a su propio grupo, que estaba sentado alrededor de una mesa en el otro lado del jardín. Había tres parejas casadas y la escolta de Jordan, un estudiante insistente dado a insinuaciones violentas bajo la impresión que Jordan, tarde o temprano se le iba a entregar en un grado mayor o menor. En vez de estar dando vueltas alrededor, este grupo había preservado una digna homogeneidad y se habían adjudicado la misión de representar la sobria nobleza de la campiña –East Egg actuando condescendientemente con West Egg y cuidadosamente en guardia contra su espectroscópica alegría.

"Vámonos" me susurró Jordan después de una malgastada e inapropiada media hora, "Esto es demasiado cortés para mí"

Nos levantamos y ella explicó que íbamos a buscar al anfitrión. Yo no lo había conocido, dijo, y eso me estaba haciendo sentir incómodo. El estudiante asintió cínica y melancólicamente.

El bar, al que le echamos un vistazo primero estaba lleno, pero Gatsby no estaba allí. No pudimos encontrarlo en los primeros escalones y tampoco estaba en la terraza. En una oportunidad intentamos una puerta que se veía importante y entramos en una biblioteca gótica alta cubierta con roble inglés grabado y probablemente traído completo desde algunas completas ruinas desde el extranjero.

Un hombre fuerte de mediana edad con enormes gafas de ojos de búho, estaba sentado, algo ebrio, al borde de una gran mesa, mirando con vacilante concentración los estantes con los libros. Cuando entramos, él se movió alrededor emocionado y examinó a Jordan de la cabeza a los pies.

"¿Qué piensan?" exigió impetuosamente.

"¿Acerca de qué?"

Movió sus manos hacia los estantes.

"Eso. De hecho, no necesitan molestarse en averiguarlo. Ya lo hice. Son reales".

"¿Los libros?

Asintió

"Absolutamente reales, tienen páginas y todo. Creí que era un cartón duradero. En realidad, son absolutamente reales. Páginas y - ¡vaya! Déjenme mostrarles".

Dando nuestro escepticismo por sentado, corrió hacia los estantes y regresó con el Volumen Uno de *Standard Lectures.*

"¡Vean!" exclamó triunfante. Es una impresión bona-fide. Este amigo es un Belasco regular. Es un triunfo. ¡Cuánta rigurosidad! ¡Cuánto realismo! Supo cuándo detenerse. También – no cortó las páginas. Pero, ¿Qué quieres? ¿Qué esperas?"

Me arrebató el libro y lo reemplazó rápidamente en su estante murmurando que si un ladrillo se le quitaba, toda la biblioteca podría derrumbarse.

"¿Quién los trajo?" Preguntó. "¿O simplemente vinieron?" A mí me trajeron. La mayoría de la gente fue traída aquí".

Jordan lo miró alerta, alegremente, sin responderle.

"A mí me trajo una mujer llamada Roosevelt", continuó, "Mrs. Claude Roosevelt. ¿La conocen?" La conocí anoche en alguna parte. He estado borracho por casi una semana, y pensé que el sentarme en una biblioteca me despejaría".

"¿Lo hizo?"

"Un poquito, creo. No puedo decirlo aún. Sólo he estado aquí una hora. ¿Les dije sobre los libros? Son reales. Son…"

"Ya nos lo dijo".

Le estrechamos la mano con ceremonia y regresamos afuera.

Estaban bailando bajo la lona en el jardín. Viejos empujando jóvenes hacia atrás en eternos círculos sin gracia alguna, parejas de clase alta abrazándose tortuosamente a la moda que se mantenían en las esquinas, y un gran número de jóvenes solteras bailando solas o aliviando a la orquesta por un momento del peso del banjo o los instrumentos de percusión. A medianoche la hilaridad había aumentado, un famoso tenor había cantado en italiano y una notoria contralto había cantado jazz y entre cada canción la gente hacía piruetas por todo el jardín, mientras que felices, vacuas explosiones de risa subían hacia el cielo de verano. Un par de artistas gemelas de escenario, que resultaron ser las chicas de amarillo hicieron un acto de bebés con disfraces, y la champaña era servida en vasos más grandes que los tazones para lavarse los dedos. La luna estaba más alta y flotando sobre el Estrecho un triángulo de escamas de plata, que temblaban un poco con el rígido y metálico sonido de los banjos en la grama.

Todavía seguía con Jordan Baker. Estábamos sentados en una mesa con un hombre más o menos de mi edad y una ruidosa niñita, que a la menor provocación soltaba una risa incontrolable. Ahora me estaba divirtiendo. Me había tomado dos tazones de champaña y el escenario había cambiado ante mis ojos en algo significativo, elemental y profundo.

En una pausa del entretenimiento, el hombre me miró y me sonrió.

"Su cara me parece familiar", dijo educadamente, "¿No estuvo usted en la Primera División durante la guerra?"

"Sí. Estuve en la Unidad Veintiochoava de Infantería".

"Yo estuve en la Decimosexta hasta junio de mil novecientos ochenta. Sabía que lo había visto antes en alguna parte".

Hablamos durante un momento sobre algunas húmedas, grises villas en Francia. Evidentemente, vivía cerca porque me dijo que acababa de comprar un hidroavión y que lo iba a probar en la mañana.

"¿Quisiera ir conmigo, amigo? Solo cerca de la orilla, a lo largo del Estrecho".

"¿A qué hora?"

"A la que más le convenga"

Estuve a punto de preguntarle su nombre cuando Jordan vio alrededor y sonrió

"¿Lo están pasando bien ahora?"

"Mucho mejor". Me volví de nuevo hacia mi nuevo conocido.

"Esta es una fiesta inusual para mí. Ni siquiera he visto a mi anfitrión. Yo vivo allá… ". Moví mi mano hacia la valla invisible en la distancia, "Y este hombre, Gatsby, me envió a su chófer con una invitación".

Por un momento me miró como si no pudiera entender.

"Yo soy Gatsby", dijo de repente.

"¡Qué!" Exclamé. "Oh, perdóneme"

"Pensé que lo sabía, amigo. Me temo que no soy un buen anfitrión"

Sonrió comprensivo – mucho más que comprensivo. Era una de esas raras sonrisas con una cualidad de eterna seguridad, de las que puedes encontrar unas cuatro o cinco veces en la vida. Encaraba – o parecía encarar – todo el eterno mundo durante un instante, y luego se concentraba en *ti* con un irresistible prejuicio a tu favor. Te entendía tanto como tú quisieras ser entendido, creía en ti como tú quisieras creer en ti mismo y te aseguraba que tenía precisamente la impresión de ti que tú, en tu mejor momento, tratabas de transmitir. Precisamente en ese punto su sonrisa de desvaneció, y yo estaba mirando a un elegante tipo duro joven, de treinta y uno o dos años, cuya elaborada formalidad en el habla apenas evitaba ser absurda. En algún momento antes de presentarse a él mismo, había tenido la fuerte impresión que había escogido sus palabras con cuidado.

Casi al momento en que Mr. Gatsby se identificó, un mayordomo corrió hacia él con la información que Chicago le estaba enviando un cable. Se excusó con una pequeña reverencia que nos incluía a cada uno de nosotros por turno.

"Si necesitas cualquier cosa, sólo pídela, amigo", me urgió. "Discúlpenme, me reuniré con ustedes más tarde".

Cuando se fue, me volví inmediatamente hacia Jordan, obligado a mostrarle mi sorpresa. Esperaba que Mr. Gatsby fuese una persona florida y corpulenta de mediana edad.

"¿Quién es él?" demandé. "¿Lo sabes?"

"Es sólo un hombre llamado Gatsby".

"¿De dónde es, quiero decir? ¿Y qué hace?"

"Ahora tú has comenzado con él tema", respondió con una pálida sonrisa. "Él me dijo una vez que era un hombre de Oxford".

Un tenue antecedente comenzó a tomar forma tras él, pero con su siguiente comentario, se desvaneció.

"Sin embargo, no lo creo".

"¿Por qué no?"

"No sé", insistió. "Simplemente no creo que estudiara allí".

Algo en su tono me recordó el "Yo creo que mató a un hombre" de las otras chicas, y tuvo el efecto de estimular mi curiosidad. Yo habría aceptado sin preguntar la información que Gatsby salió de los pantanos de Louisiana, o del bajo East Side de New York. Eso era entendible. Pero los jóvenes no – al menos en mi inexperiencia provincial – yo creía que los jóvenes no salían tranquilamente de ninguna parte y compraban un palacio en el Estrecho de Long Island.

"De cualquier manera, da grandes fiestas". Dijo Jordan, cambiando el tema, con una aversión urbana hacia lo concreto. "Y me gustan la fiestas grandes. Son tan acogedoras. En las fiestas pequeñas no hay privacidad".

Se oyó el sonido del tambor bajo y la voz del conductor de la orquesta se levantó repentinamente sobre la ecolalia en el jardín.

"Damas y caballeros", exclamó. "A petición de Mr. Gatsby, vamos a tocar para ustedes el último trabajo de Mr. Vladmir Tostoff, que atrajo tanta atención en Carnegie Hall el pasado mayo. Si ustedes leen los periódicos, saben que fue una gran sensación". Sonrió con jovial condescendencia y añadió: "¡Vaya sensación!" Haciendo reír a todo el mundo.

"La pieza es conocida", concluyó vigorosamente, "¡como 'El Jazz de la Historia Mundo' de Vladmir Tostoff!"

La naturaleza de la composición de Mr. Tostoff se me escapó, porque justo al comenzar, puse mi atención en Gatsby, parado solo en los escalones de mármol, mirando de un grupo a otro con ojos de aprobación. Su piel bronceada se veía atractivamente tersa sobre su cara y su cabello se veía como si fuese recortado todos los días. No podía ver nada siniestro en él. Me preguntaba si el que no estuviera bebiendo me ayudaba a separarlo de sus invitados porque me pareció que se comportaba más correctamente a medida que la hilaridad fraternal aumentaba. Cuando la "El Jazz de la Historia del Mundo" terminó, las chicas tenían sus cabezas recostadas en los hombros de los hombres como cachorras amistosas, otras se dejaban caer juguetonamente hacia atrás a los brazos de ellos, incluso en grupos, sabiendo que no las dejarían caer. Pero ninguna se dejó caer en los brazos de Gatsby y nadie con un corte de pelo francés se recostó en su hombro y ningún cuarteto de cantantes se formó con Gatsby a la cabeza.

"Disculpen".

El mayordomo de Gatsby repentinamente estaba parado a nuestro lado.

"¿Miss Baker?" preguntó "Disculpe, pero Mr. Gatsby desearía hablar a solas con usted".

"¿Conmigo?" Exclamó sorprendida.

"Sí, madame".

Se paró lentamente, levantando sus cejas hacia mí, con asombro y siguió al mayordomo hacia la casa. Noté que estaba usando un vestido de noche. Con todos sus vestidos - su ropa deportiva – había un desenfado en sus movimientos, como si hubiese aprendido a caminar sobre campos de golf durante frescas, limpias mañanas.

Estaba solo y eran casi las dos. Durante algún tiempo unos ruidos confusos e intrigantes salían de una habitación grande con muchas ventanas que sobresalía de la terraza. Eludiendo al estudiante de Jordan, que ahora estaba enfrascado en una conversación sobre obstetricia con dos coristas y que me imploraba que me le uniera, entré en la casa.

El gran salón estaba lleno de gente. Una de las chicas de amarillo estaba tocando el piano y junto a ella estaba una joven alta, pelirroja de un coro famoso, tratando de cantar.

Había bebido una buena cantidad de champaña y en el transcurso de su canción había decidido, ineptamente, que todo era muy, muy triste – no sólo estaba cantando, también estaba llorando. Cada vez que había una pausa en la canción, la llenaba con rotos, jadeantes sollozos y al retomar la canción, con una voz soprano vacilante las lágrimas caían por sus mejillas, aunque no muy fluidas, porque al estar en contacto con sus pestañas densamente pintadas, tomaban un color tinta y seguían el resto de su caída en lentos riachuelos negros. Una sugerencia graciosa pidió que cantara las notas de su cara, después de la cual levantó los brazos, se hundió en una silla y cayó en un profundo sueño gracias al vino.

"Tuvo una pelea con un hombre que ella dice es su esposo", le explicó una chica a mi codo.

Miré alrededor. La mayoría de las mujeres que quedaban estaban peleando con hombres que decían eran sus esposos. Incluso el grupo de Jordan, el cuarteto de East Egg se peleó por desacuerdos. Uno de los hombres hablaba con curiosa intensidad a una joven actriz, y su esposa, después de intentar reírse por lo que pasaba, de una dignificada e indiferente forma, se derrumbó por completo y recurrió a ataques por los flancos. A intervalos, se aparecía repentinamente a su lado completamente enojada y siseaba en el oído: "Lo prometiste".

La reticencia a irse a casa no era particular de hombres obstinados. En el pasillo estaban dos hombres deplorablemente sobrios y sus muy indignadas mujeres. Ambas estaban de acuerdo y hablaban con voces ligeramente altas. "Cada vez que ve que me estoy divirtiendo, quiere irse a casa".

"Nunca he oído algo tan egoísta en mi vida".

"Siempre somos los primeros en irnos".

"Nosotros también".

"Bueno, somos casi los últimos esta noche", dijo uno de los hombres tímidamente. "La orquesta se fue hace media hora".

A pesar de que las esposas estaban de acuerdo en que tal maldad no se podía creer, la disputa terminó en una pequeña lucha, y ambas esposas fueron levantadas, pateando, en la noche.

Mientras esperaba por mi sombrero en el pasillo, la puerta de la biblioteca se abrió y Jordan Baker y Gatsby salieron juntos.

Se estaba despidiendo de ella, pero el entusiasmo en su comportamiento se hizo formal abruptamente cuando varias personas se le acercaron para despedirse.

El grupo de Jordan la estaba llamando desde el porche impacientemente, pero se detuvo un momento para estrecharme la mano.

"He oído la cosa más sorprendente", me susurró.

"¿Cuánto tiempo estuvimos allí?"

"Como una hora".

"Fue… sencillamente sorprendente", repitió abstraídamente. "Pero juré que no lo diría y aquí estoy tentándote". Bostezó graciosamente en mi cara. "Por favor, ven a verme… la guía telefónica… Bajo el nombre de Mrs. Sigourney Howard… Mi tía… ". Iba apresurada mientras me hablaba – Su mano bronceada mandaba un alegre saludo mientras se mezclaba con su grupo en la puerta.

Más bien apenado porque esa primera vez me hubiese quedado hasta tan tarde, me uní a los últimos invitados de Gatsby, que estaban reunidos alrededor de él. Quería explicarle que lo había buscado durante las primeras horas de la noche para disculparme por no haberlo reconocido en el jardín.

"Ni lo menciones", me ordenó con entusiasmo. "No pienses más en eso, amigo". La conocida expresión no tenía más familiaridad que la mano, con la que, de forma reconfortante me acariciaba el hombro". "Y no te olvides que mañana a las nueve vamos a volar en el hidroplano".

Entonces el mayordomo detrás de su hombro le dijo:

"Philadelphia está en la línea telefónica, señor".

"Muy bien, en un minuto. Dígales que voy enseguida... Buenas noches".

"Buenas noches".

"Buenas noches". Sonrió, y de repente parecía haber un significado especial en el haberme quedado entre los últimos en irse, como si lo hubiese deseado todo el tiempo. "Buenas noches, amigo... Buenas noches".

Pero mientras bajaba por las escaleras, vi que la noche no había acabado por completo. A cincuenta pies de la calzada, una docena de luces de automóviles alumbraban una escena bizarra y tumultuosa. En la cuneta al lado de la carretera, volteado, estaba un cupé nuevo que acababa de salir del camino de Gatsby hacía apenas unos dos minutos. La marcada protuberancia de una pared explicaba el desprendimiento de la rueda, que ahora llamaba la atención de una media docena de curiosos chóferes. Sin embargo, como habían dejado sus autos bloqueando el camino, un estridente ruido de los que estaban atrás, se había vuelto audible durante un tiempo, lo que se añadió a la ya violenta confusión de la escena que tenía lugar.

Un hombre con un largo sobretodo había salido de los restos del auto y ahora estaba parado en el centro del camino, mirando del auto a la rueda y de la rueda a los mirones de una manera agradable y confusa.

"¡Ven!", explicó, "Caí en la cuneta".

El hecho le era increíblemente sorprendente y reconocí, primero la inusual cualidad de asombro, y luego al hombre – era el hombre en la biblioteca de Gatsby.

"¿Cómo pasó?"

Se encogió de hombros.

"No sé absolutamente nada de mecánica". Dijo con decisión.

"Pero, ¿cómo pasó? ¿Se fue contra la pared?"

"No me pregunte" dijo ojos de búho, lavándose las manos con lo que había pasado. "No sé mucho acerca de manejar – casi nada, sucedió y eso es todo lo que sé".

"Bien, si usted es un mal conductor no debería intentar manejar de noche".

"Pero ni siquiera lo estaba intentando", explicó indignado, "Ni siquiera lo estaba intentando".

Un silencio asombroso tuvo lugar entre todos los presentes.

"¿Quiere suicidarse?".

"¡Tuvo suerte que fue sólo una rueda! ¡Un mal conductor y ni siquiera estaba tratando!".

"Ustedes no entienden", explicó el delincuente. "No estaba conduciendo. Hay otro hombre en el auto".

El choque que causó esta declaración, encontró una voz en un sostenido "¡Ah-a-a!" cuando la puerta del cupé se abría lentamente. La multitud – ahora era una multitud – se hizo hacia atrás involuntariamente y cuando la puerta quedó completamente abierta se hizo una pausa fantasmal. Entonces, gradualmente, poco a poco, un individuo pálido, balanceándose, salió de los restos del auto, tocando tentativamente el piso con un gran, incierto zapato de baile.

Cegado por las luces de los autos y confundido por el incesante ruido de las cornetas, la aparición se paró tambaleándose por un momento antes de ver al hombre con el sobretodo.

"¿Cuál es el problema?", preguntó calmadamente. "¿Nos quedamos sin gasolina?"

"¡Mire!"

Una docena de dedos señalaron a la rueda amputada, la observó por un momento y luego miró hacia arriba, como si sospechara que había caído del cielo.

"Se salió", explicó alguien.

Él asintió.

"Al prin-cipio n' noté que n's habíamos detenidos".

Una pausa, luego tomando un buen bocado de aire y enderezando los hombros, exclamó con voz determinada:

"¿Me pr'gunto shimedishen dónde hay una bomba de gas'lina?"

Al menos una docena de hombres, algunos de ellos un poco menos ebrios de lo que él estaba, le explicaron que ya la rueda y el auto no estaban unidos por ninguna relación física.

"Retrocédanlo", sugirió después de un momento. "Pónganlo en reversa".

"¡Pero, la rueda está despegada!"

Dudó.

"No se pierde nada con intentarlo", dijo.

Las aullantes cornetas habían alcanzado un crescendo y me volví y atravesé la grama para irme a casa.

Eché una mirada hacia atrás una vez más. Una luna enorme brillaba sobre la casa de Gatsby, haciendo la noche agradable como antes, sobreviviendo a la risa y al sonido del aún resplandeciente jardín. Un repentino vacío parecía fluir ahora desde las ventanas y las grandes puertas, dotando de un completo aislamiento la figura del anfitrión, parado en el porche con la mano arriba, en un gesto formal de despedida.

* * *

Leyendo lo que he escrito hasta ahora, veo que he dado la impresión que los eventos de tres noches separados por varias semanas, eran todo lo que absorbía mí tiempo. Por el contrario, eran simple eventos casuales en un verano abarrotado y, hasta mucho después, me absorbieron menos que mis asuntos personales.

La mayoría del tiempo trabajaba. Temprano en la mañana el sol proyectaba mi sombra hacia el oeste mientras iba apurado hacia los blancos abismos del bajo New York al Probity Trust. Conocía a los otros empleados y a los jóvenes vendedores de bonos por su primer nombre y almorzaba pequeñas salchichas de cerdo y puré de papas y café con ellos en oscuros y llenos restaurantes. Incluso tuve un amorío con una chica que vivía en Jersey City y trabajaba en el departamento de contabilidad, pero su hermano comenzó a lanzarme miradas de odio, así que cuando se fue de vacaciones en julio, dejé que se acabara discretamente.

Usualmente cenaba en el Club de Yale – por alguna razón era el evento más sombrío de mi día – y luego subía a la biblioteca y estudiaba inversiones y títulos valores a conciencia durante una hora. Generalmente había algunos manifestantes, pero nunca entraban a la biblioteca, así que era un buen lugar para trabajar. Después de eso, si la noche era apacible, paseaba por Madison Avenue pasando por el viejo Murray Hill Hotel y por la calle 33 hasta la Estación de Pennsylvania.

New York comenzó a gustarme, su atrevido y audaz sentido de sus noches y la satisfacción que el constante parpadeo que hombres, mujeres y máquinas le brinda a un ojo intranquilo. Me gustaba caminar por la Quinta Avenida, escoger mujeres románticas de la multitud e imaginar que en pocos minutos entraría en sus vidas y nadie lo sabría o desaprobaría. Algunas veces, en mi mente, las seguía hasta sus apartamentos en las esquinas de calles ocultas y se volvían y me sonreían antes que se desvanecieran a través de una puerta en la tibia oscuridad. En la encantada penumbra metropolitana algunas veces sentía una cautivadora soledad y la sentía en otros – pobres empleados jóvenes que merodeaban frente a ventanas esperando hasta que fuese la hora de una cena solitaria en un restaurante – jóvenes empleados que al anochecer, desperdiciaban los momentos más emocionantes de la noche y la vida.

De nuevo a las ocho, cuando las oscuras calles de la Cuarenta se llenaban con hasta cinco filas de taxis que iban hacia el distrito de los teatros, sentí una opresión en el corazón. Las siluetas se acercaban dentro de los taxis mientras esperaban, algunas voces cantaban y había risas por chistes que no se oían y cigarrillos encendidos hacían aros dentro de ellos.

También yo me dirigía rápidamente hacia la alegría y, al compartir su entrañable emoción, les deseé lo mejor.

Durante un tiempo perdí de vista a Jordan Baker y, luego a mediados del verano, la encontré de nuevo. Al principio me halagaba andar con ella, porque era una campeona de golf y todo el mundo sabía su nombre. Luego, fue algo más. No estaba en verdad enamorado, pero sentía una cierta ternura. La cara de fastidio y altivez que mostraba al mundo ocultaba algo – la mayoría de las afectaciones esconden algo eventualmente, aunque no lo hagan al principio – y un día encontré qué era. Cuando estuvimos en una fiesta en Warwick, dejó un auto prestado en la lluvia con la capota abajo y luego mintió acerca de ello. Y de repente recordé la historia que se me había escapado esa noche en la casa de Daisy. En su primer gran torneo de golf hubo una discusión que casi llegó a los periódicos. Una sugerencia que ella había movido su pelota desde un sitio malo en la ronda semifinal. La cosa alcanzó las proporciones de un escándalo – y luego se desvaneció. Un caddy se retractó y el otro testigo admitió que podía haberse equivocado. El incidente y el nombre habían permanecido en mi mente.

Jordan Baker instintivamente evitaba hombres inteligentes y astutos, y ahora veía que era porque se sentía más segura en un plano donde cualquier divergencia de un código se consideraría imposible. Ella era incurablemente deshonesta. No podía soportar estar en desventaja y, dada esta renuencia, me supongo que había comenzado a lidiar con subterfugios desde que era muy joven para mantener esa sonrisa genial e insolente que daba al mundo y al mismo tiempo, satisfacer las demandas de su cuerpo fuerte y desenvuelto.

Eso no me importaba. La deshonestidad en una mujer es algo que nunca culpas por completo — lo lamenté profundamente y luego lo olvidé. Fue en esa misma fiesta que tuvimos una curiosa conversación acerca de cómo manejar un auto. Comenzó porque pasó tan cerca de unos trabajadores que nuestra defensa movió un botón de la chaqueta de un hombre.

"Eres una terrible conductora". Protesté. "O debes ser más cuidadosa o deberías dejar de conducir por completo".

"Soy cuidadosa".

"No, no lo eres".

"Bien, otra gente lo es". Dijo en voz baja.

"¿Qué tiene eso que ver?".

"Ellos se me apartan del camino. Insistió. "Se necesitan dos para tener un accidente".

"Suponte que te consigas a alguien tan descuidado como tú".

"Espero que nunca me pase", respondió. "Detesto a la gente descuidada. Por eso es que me gustas".

Sus ojos grises, cansados por el sol miraron hacia el frente, pero deliberadamente había cambiado nuestra relación y por un momento pensé que la amaba. Pero soy lento para pensar y estoy lleno de reglas internas que actúan como freno a mis deseos y sabía que primero tenía que salirme del enredo que tenía en mi casa. Había estado escribiendo cartas una vez por semana y las firmaba: "Con amor, Nick" y lo único en que podía pensar era como, cuando esa cierta chica jugaba tenis, un leve bigote de sudor aparecía en su labio superior. Sin embargo, había una vaga relación que tenía que acabarla con mucho tacto antes que estuviera libre.

Todo el mundo piensa de sí mismo que tiene al menos una de las virtudes cardinales. Yo era una de las pocas personas honestas que haya conocido jamás.

IV

El domingo en la mañana, cuando las campanas de la iglesia sonaban en las villas a lo largo de la costa, el mundo y sus amantes volvían a la casa de Gatsby y brillaban riéndose sobre su grama.

"Es un contrabandista de licores". Decían las jóvenes damas, moviéndose entre sus cócteles y sus flores. "Una vez mató a un hombre que había descubierto que él era primo de Von Hindenburg y primo segundo del diablo. Consígueme una rosa, cariño, y viérteme una última gota en ese vaso de cristal que está allá".

Una vez escribí en los espacios vacíos de un calendario los nombres de quienes venían a la casa de Gatsby ese verano. Ahora es un calendario viejo, que se desintegra en sus pliegues, con el encabezamiento, "Entra en efecto el cinco de julio de 1922". Pero aún puedo leer los nombres casi borrados y ellos le darán una mejor impresión que mis generalidades sobre aquellos que aceptaban la hospitalidad de Gatsby y que le pagaban el sutil tributo de no saber nada en absoluto sobre él.

Del East Egg, venían los Chester Becker, los Leelch, un hombre llamado Bunsen; a quien conocí en Yale, el doctor Webster Civet; quien se ahogó el verano pasado en Maine, los Hombeam, los Willie Voltaire y todo un clan llamado Blackbuck que siempre se reunían en una esquina y volteaban las narices hacia quienquiera que se acercara; los Ismay, los Chrystie (o más bien Hubert Auerbach y la esposa de Mr. Chrystie); Edgar Beaver, cuyo cabello, dicen, se puso blanco como algodón una tarde de invierno sin ninguna razón aparente.

Clarence Endive era del East Egg, según recuerdo. Vino sólo una vez con unos pantalones cortos blancos y tuvo una pelea con un vago llamado Etty en el jardín. De más lejos de la isla vinieron los Cheadle, el O.R.P. Schraeder, los Stonewall Jackson Abram de Georgia, los Fishguard y los Ripley Snell. Snell estuvo allí tres días antes que fuera enviado a la penitenciaría, tan ebrio sobre el camino de grava que el auto de Mrs. Ulysses Swett le pasó por encima de la mano derecha. También vinieron los Dancy y S. B. Whiebait, que tenía más de sesenta años; Maurice A. Flink, los Hammerhead, Beluga, el importador de tabaco y las chicas Beluga.

Del West Egg vinieron los Pole, los Mulready, Cecil Roebuck, Cecil Schoen; Gulick, el senador estatal; Newton Orchid, que controlaba Films Par Excellence, Eckhaust, Clyde Cohen, Don S. Schwartz (hijo) y Arthur McCarty, todos ligados con la industria del cine de una forma u otra. Los Catlips, los Bemberg; G. Earl Muldoon, hermano del Muldoon que después estranguló a su esposa. Da Fontano el promotor también fue, Ed Legros, James B. ("Rot-Gut") Ferret, los De Jong y Ernest Lilly — Ellos venían a apostar y cuando Ferret deambulaba por el jardín significaba que había perdido todo y Associated Traction tendría que dar ganancias al día siguiente.

Un hombre llamado Klipspringer estaba allí tanto tiempo que era conocido como "el inquilino" — Dudo que tuviese otra casa. De la gente del teatro estaban; Gus Waize, Horace O´donovan, Lester Myer, George Duckweed y Francis Bull. También, de New York estaban los Chrome, los Backyssons. Los Dennicker, Russel Betty, los Corrigan, los Kelleher, los Dewar, los Scully, S. W. Belcher, los Smirke y el joven Quinns, ahora divorciado; Henry L Palmetto, quien se mató al saltar frente a un tren del metro en Times Square.

Benny McClenahan siempre llegaba con cuatro chicas, no siempre eran exactamente las mismas físicamente, pero eran tan parecidas que inevitablemente parecía que habían estado allí antes. He olvidado sus nombres – Jaqueline, creo, o Consuela, Gloria, Judy o June, y sus apellidos eran o los melodiosos nombres de las flores y meses, o los más severos de los grandes capitalistas americanos, que, si las presionaban, confesarían ser sus primas.

Además de todos estos, puedo recordar que Faustina O'Brien fue al menos una vez y las chicas Baideker, el joven Brewer, a quien le habían disparado en la nariz durante la guerra; Mr. Albrucksburger y Miss Haag, su prometida; Ardita Fitz-Peters, Mr. P. Jewett, que había sido jefe de la American Legion; Miss Claudia Hip, con un hombre conocido como su chófer y algún tipo de príncipe, a quien llamábamos Duke, y cuyo nombre, si alguna vez lo supe, se me olvidó.

Toda esta gente iba a la casa de Gatsby en el verano.

* * *

A las nueve, una mañana a finales de julio, el hermoso auto de Gatsby tambaleándose sobre el camino rocoso, llegó hasta mi puerta e hizo sonar una andanada de melodías con su corneta de tres tonos.

Era la primera vez que me visitaba, aunque yo había ido a dos de sus fiestas, me había montado en su hidroavión y por sus insistentes invitaciones, hice uso frecuente de su playa.

"Buenos día, amigo. Como vamos a almorzar, pensé que podíamos ir juntos".

Se balanceaba en el guardafangos de su auto con esa desenvoltura de movimientos que es tan peculiarmente americana – que viene, supongo, con la ausencia de trabajo pesado de la juventud, e incluso, con la gracia sin forma de nuestros juegos nerviosos y esporádicos.

Esta cualidad rompía continuamente con sus modales puntillosos en forma de intranquilidad. Nunca estaba quieto. Siempre estaba tamborileando con un pie o impacientemente cerrando o abriendo una mano.

Me vio mirando su auto con admiración.

"Es bonito, ¿no lo es, amigo?". Saltó para que pudiera verlo mejor. "¿No lo habías visto antes?"

Lo había visto. Todo el mundo lo había visto. Tenía un rico color crema, brillante con níquel, abultado aquí y allá, y con su monstruosa longitud, con impresionantes sombrereras, súper cajas, cajas de herramientas y acompañado de un laberinto de parabrisas que reflejaban una docena de soles. Sentado detrás de muchas capas de vidrio en una clase de observatorio de cuero verde, nos dirigimos hacia la ciudad.

Había hablado con él quizás una docena de veces durante el mes pasado y encontré, para mi desilusión, que tenía poco que decir. Así que mi primera impresión de que era una persona con una importancia indefinida, gradualmente se había desvanecido y se había convertido simplemente en el dueño de una casa elaborada frente a un camino, al lado mío.

Y entonces tomamos este viaje desconcertante. Sin siquiera haber llegado a West Egg Gatsby comenzó a abandonar sus elegantes oraciones sin terminar y se golpeó en la rodilla con su traje color caramelo de manera indecisa.

"Mira, amigo", soltó sorprendentemente, "¿Cuál es tu opinión de mí, en cualquier caso?".

Un poco abrumado, comencé con las generalizadas evasiones que esa pregunta merecía.

"Bien, voy a decirte algo acerca de mi vida", interrumpió. "No quiero que te formes una idea errónea sobre mí por todas esas historias que oyes".

Así que él estaba al tanto de las acusaciones bizarras que condimentaban las conversaciones en sus salones.

"Te diré la verdad, como que Dios es mi testigo". Su mano derecha de repente le ordenó a la retribución divina que esperara.

"Soy hijo de gente rica en el Medio Oeste – todos muertos. Fui criado en América, pero educado en Oxford, porque todos mis ancestros han sido educados allí durante muchos años. Es una tradición familiar".

Me miró de lado – y supe por qué Jordan Baker creía que estaba mintiendo. Apuró la frase "educado en Oxford". Se la tragó o se ahogó con ella, como si lo hubiese molestado antes. Y con esta duda, todo su argumento cayó en pedazos y me pregunté si no habría algo un poco siniestro acerca de él, después de todo.

"¿Qué parte del Medio Oeste?" Pregunté de manera casual.

"San Francisco".

"Ya veo".

"Toda mi familia murió y obtuve una gran cantidad de dinero"

Su voz era solemne, como si el recuerdo de esa repentina extinción de un clan todavía lo persiguiera. Por un momento sospeché que se estaba burlando, pero una rápida mirada hacia él me convenció de lo contrario.

"Después de eso, viví como un joven rajá en todas las capitales de Europa, París, Venecia, Roma – coleccionando joyas, principalmente rubíes, caza mayor, pintando un poco, cosas para mí mismo y tratando de olvidar algo muy triste que me había pasado hacía mucho tiempo.

Con esfuerzo, logré arreglármelas para evitar mi risa incrédula. Esas frases tan gastadas no evocaban ninguna imagen, excepto la de un personaje con turbante goteando aserrín por cada poro mientras perseguía un tigre a través del Bois de Boulogne. "Entonces llegó la guerra, amigo, fue un gran alivio, y con mucho empeño intenté morir, pero parecía tener una vida encantada. Acepté una comisión como primer teniente cuando comenzó. En el bosque de Aronne, llevé los restos de mi batallón de ametralladoras tan adelante, que quedó una brecha de media milla a ambos lados de nosotros donde la infantería no podía avanzar. Nos quedamos allí por dos días y dos noches, ciento treinta hombres con dieciséis armas

Lewis y cuando la infantería por fin llegó, encontraron la insignia de tres divisiones alemanas entre la pila de muertos. Fui ascendido a mayor y cada gobierno aliado me condecoró – ¡Incluso el pequeño Montenegro en el Mar Adriático!

"¡El pequeño Montenegro!" Levantó las palabras y asintió con ellas – con su sonrisa. La sonrisa incluía la complicada historia de la gente montenegrina y simpatizaba completamente con la cadena de circunstancias que había provocado ese tributo desde el tibio corazón de Montenegro. Mi incredulidad se había convertido en admiración ahora, era como hojear rápidamente una docena de revistas.

Buscó en su bolsillo, y una pieza de metal colgada de un listón, cayó en la palma de mi mano.

"Esa es la de Montenegro".

Para mi sorpresa, se veía auténtica.

"Orderi di Danilo", decía la leyenda circular. "Montenegro Nicolas Rex"

"Dale vuelta".

"Mayor Jay Gatsby", leí. "Por Valor Extraordinario".

"Esta es otra cosa que siempre llevo conmigo. Un recuerdo de mis días de Oxford. Fue tomada en Trinity Quad. El hombre a mi izquierda es ahora el Earl de Doncaster".

Era una fotografía de media docena de jóvenes en blazers holgazaneando en una entrada en arco a través de la cual era visible una gran cantidad de capiteles. Había un Gatsby que se veía un poco, no mucho, más joven – con un bate de cricket en su mano.

Así, que todo era verdad. Vi las pieles de tigres flameando en su palacio sobre el Grand Canal; lo vi abriendo un cofre con rubíes para aliviar, con su iluminada carmesí profunda, su carcomido corazón roto.

"Te voy a pedir algo encarecidamente hoy", dijo, metiendo sus recuerdos con satisfacción en sus bolsillos, "así que pensé que debías saber algo sobre mí. No quería que pensaras que no soy nadie. Verás, generalmente me encuentro entre extraños porque me muevo de aquí para allá tratando de olvidar las cosas tristes que me han pasado". Dudó. "Oirás sobre esto esta tarde"

"¿Durante el almuerzo?"

"No. Esta tarde. Resulta que sé que vas a tomar té con Miss Baker"

"¿Quiere decir que estás enamorado de Miss Baker?"

"No, amigo. No lo estoy, pero Miss Baker ha accedido amablemente a hablarte de este asunto".

No tenía la menor idea de lo que "este asunto" era, pero estaba más enfadado que intrigado. No había invitado a Jordan a tomar té para discutir a Mr. Jay Gatsby. Estaba seguro que lo que iba a pedir era totalmente fantástico y por un momento lamenté que hubiese puesto un pie en su sobrepoblada grama.

No diría nada más. Su corrección se acrecentó a medida que llegábamos a la ciudad. Pasamos Port Roosevelt, donde había una vista de barcos oceánicos con líneas rojas, y pasamos a gran velocidad a lo largo de un barrio marginal empedrado, alineado con oscuras tabernas de los desconocidos dorados mil novecientos. Entonces el valle de cenizas apareció por ambos lados y tuve una visión de Mrs. Wilson esforzándose con jadeante vitalidad en la bomba del taller mientras pasábamos.

Con los guardafangos extendidos como alas, esparcimos luz a través de media Astoria – sólo media, porque cuando cruzamos entre los pilares del elevado, oí el familiar sonido de una motocicleta y un policía se nos puso al lado.

"Está bien, amigo". Le dijo Gatsby. Bajamos la velocidad. Tomó una tarjeta blanca de su cartera y la movió frente a los ojos del hombre.

"Correcto", estuvo de acuerdo el hombre, tocándose la gorra. "Lo reconoceré la próxima vez, Mr. Gatsby. Excúseme".

"¿Qué fue eso?" Pregunté. "¿La foto de Oxford?

"Pude hacerle un favor al comisionado una vez, y él me envía una tarjeta de navidad cada año".

Sobre el gran puente, con la luz del sol a través de las vigas produciendo un constante destello sobre los autos, con la ciudad levantándose al otro lado del río con grades montículos blancos y bultos de azúcar todos construidos con el deseo de dinero limpio, que no oliera mal. La ciudad, vista desde el Queensboro Bridge, es siempre la ciudad que se ve por primera vez, con su indómita promesa de todo el misterio y la belleza del mundo.

Un muerto pasó frente a nosotros en un coche fúnebre lleno de flores, seguido por dos carruajes con las cortinas cerradas y luego por carruajes más acogedores para los amigos. Los amigos nos veían con ojos trágicos y pequeños labios superiores de europeos del sureste y me sentía contento de que la vista del espléndido automóvil de Gatsby estuviese incluido en su sombrío día. Cuando cruzábamos por Blackwell's Island, nos pasó una limosina conducida por un chófer blanco y en la cual se sentaban tres negros vestidos a la moda, dos varones y una chica. Me reí en voz alta mientras que la yema de sus ojos, nos veían con altiva rivalidad.

"Cualquier cosa puede pasar cuando uno pasa por este puente", pensé, "Cualquier cosa… "

Hasta Gatsby podía pasar, sin ningún asombro en particular.

* * *

Era un rugiente mediodía. En una bodega bien ventilada de la calle 42 me reuní con Gatsby para almorzar. Parpadeando por el brillo de la calle afuera, logré ver a Gatsby en la oscuridad de la antesala hablando con otro hombre.

"Mr. Carraway, este es mi amigo Mr. Wolfshiem".

Un judío pequeño de nariz chata, levantó su cabeza grande y me miró con dos finos crecimientos de pelo que sobresalían de sus ventanas nasales. Después de un momento, descubrí sus ojos pequeños en la semioscuridad.

"Así que le eché una buena mirada", dijo Mr. Wolfshiem, sacudiendo mi mano vivamente, "¿Y qué cree que hice?"

"¿Qué?" Pregunté educadamente.

Pero, evidentemente no se dirigía a mí, porque soltó mi mano y cubrió a Gatsby con su nariz expresiva.

"Le di el dinero a Katspaugh y dije: 'Muy bien Katspaugh, no le pagues ni un centavo hasta que se calle'. Se calló entonces y ahí mismo".

Gatsby nos tomó por el brazo a ambos y se dirigió hacia el restaurante, con lo cual Mr. Wolfshiem se tragó una nueva oración que estaba comenzando y cayó en una abstracción sonámbula.

"¿Highballs?" Preguntó el camarero jefe.

"Este es un restaurante agradable", dijo Mr. Wolfshiem. Mirando las ninfas presbiterianas del techo. "¡Pero me gusta más el que está al otro lado de la calle!"

"Sí, highballs", asintió Gatsby y luego, hacia Mr. Wolfshiem: "Hace demasiado calor allá".

"Caluroso y pequeño – sí", dijo Mr. Wolfshiem, "pero lleno de recuerdos".

"¿Qué lugar es ese?" Pregunté.

"El viejo Metropole".

"El viejo Metropole", caviló Mr. Wolfshiem sobriamente.

"Lleno de caras de personas que han muerto y se han ido. Amigos que se han ido para siempre. No podré olvidar mientras viva la noche que le dispararon a Rosy Rosenthal allí. Éramos seis en la mesa y Rosy había comido y bebido bastante toda la noche. Era casi de mañana cuando el mesonero se le acercó con una mirada rara en la cara y le dice que alguien quiere hablarle afuera. "Está bien", dice Rosy y comienza a levantarse y lo halo y lo hago sentar. "Deja que los bastardos entren si te necesitan, Rosy, pero, como sea, no salgas de este salón". "Eran las cuatro de la mañana y si hubiésemos subido las persianas habríamos visto la luz del día".

"¿Salió?" Pregunté inocentemente.

"Por supuesto que salió". Mr. Wolfshiem me mostró su nariz indignado. "Se volvió en la puerta y dijo: '¡No deje que ese camarero se lleve mi café!'. Entonces salió a la acera y le dispararon tres veces en el estómago y se fueron".

"A cuatro de ellos los electrocutaron", dije recordándolo.

"Cinco, con Becker". Sus fosas nasales se volvieron hacia mí de una manera interesante. "Entiendo que está buscando una 'gonnegsión' comercial".

La yuxtaposición de estas dos afirmaciones era sorprendente.

Gatsby respondió por mí.

"Oh, no", exclamó, "este no es el hombre".

"¿No?" Mr. Wolfshiem pareció decepcionado.

"Este es un amigo. Te dije que hablaríamos sobre eso en otro momento".

"Le ruego me disculpe", dijo Mr. Wolfshiem. "Tenía al hombre equivocado".

Trajeron un guiso suculento y Mr. Wolfshiem, olvidando la atmósfera más sentimental del viejo Metropole, comenzó a comer con una feroz delicadeza. Sus ojos, mientras tanto, recorrían muy lentamente todo el salón. Completó el arco volviéndose para inspeccionar a la gente que estaba directamente detrás de él. Creo que, excepto por mi presencia, habría lanzado una corta mirada debajo de nuestra mesa.

"Mira, amigo", dijo Gatsby, inclinándose hacia mí. "Me temo que te hice enojar esta mañana en el auto".

Allí estaba esa sonrisa de nuevo, pero esta vez me le resistí.

"No me gustan los misterios", respondí, "y no entiendo por qué no eres franco y me dices lo que quieres. ¿Por qué todo tiene que pasar a través de Miss Baker?"

"Oh, no hay nada oculto", me aseguró. "Miss Baker es una gran deportista, lo sabes y ella nunca hará nada que no sea completamente correcto".

Repentinamente miró su reloj, pegó un salto y salió apresuradamente del salón, dejándome con Mr. Wolfshiem, quien lo seguía con los ojos. "Buena persona, ¿no es así?, buenmozo y un perfecto caballero

"Sí"

"Es un hombre de Oggsford".

"Oh".

"Él fue a la Universidad de Oggsford en Inglaterra. ¿Conoce la Universidad de Oggsford?"

"He oído de ella".

"Es una de las más famosas universidades de mundo".

"¿Hace mucho tiempo que conoce a Gatsby?" Pregunté.

"Varios años", respondió de una manera gratificante. "Tuve el placer de conocerlo justo después de la guerra. Pero supe que había descubierto a un hombre de buena crianza después que hablé con él durante una hora y me dije a mí mismo: 'Ese el tipo de hombre que a uno le gustaría llevar a casa y presentárselo a su madre y a su hermana". Hizo una pausa. "Veo que está viendo mis yuntas".

No las había estado mirando, pero ahora lo hacía. Estaban compuestas por piezas de marfil extrañamente familiares.

"Los más finos especímenes de molares humanos", me hizo saber.

"¡Bien!" Los inspeccioné. "Es una idea muy interesante".

"Sí". Puso las mangas debajo de su abrigo. "Sí, Gatsby es muy cuidadoso cuando se trata de mujeres. Ni siquiera miraría a la esposa de un amigo".

Cuando la persona de su instintiva confianza regresó a la mesa y se sentó, Mr. Wolfshiem apuró su café y se levantó.

"He disfrutado mi almuerzo" dijo, "y tengo que dejarlos a ustedes jóvenes antes que abuse de mi invitación".

"No tienes que apurarte, Meyer", dijo Gatsby sin entusiasmo. Mr. Wolfshiem levantó la mano en una especie de bendición.

"Eres muy amable, pero soy de otra generación". Anunció solemnemente. Siéntense y discutan sus deportes, sus damas jóvenes y sus..." proveyó un nombre imaginario con un movimiento de su mano. "En lo que a mí respecta, tengo cincuenta años y no los molestaré más".

Al estrecharnos las manos e irse, su trágica nariz estaba temblando. Me preguntaba si pude haber dicho algo que lo hubiese ofendido.

"Él se pone muy sentimental algunas veces". Explicó Gatsby. "Este es uno de sus días sentimentales. Él es un verdadero personaje en New York – un habitante de Broadway".

"¿Quién es él, de todas maneras, un actor?"

"No".

"¿Un dentista?"

"¿Meyer Wolfshiem? No, es un apostador". Gatsby dudó, luego añadió tranquilamente: "Él es el hombre que arregló la Serie Mundial en 1919".

"¿Arregló la Serie Mundial?" Repetí.

La idea me asombró. Recordaba, por supuesto, que la Serie Mundial había sido arreglada en 1919, pero si hubiese pensado en ello, habría pensado que era una cosa que simplemente pasó, el final de una cadena inevitable. Nunca se me ocurrió que un hombre podía comenzar a jugar con la fe de millones de personas – con la simple mentalidad de un ladrón violentando una caja fuerte.

"¿Cómo logró hacer eso?"

"Sólo vio la oportunidad".

"¿Por qué no está preso?"

"No pueden atraparlo, amigo, es un hombre listo"

Insistí en pagar la cuenta. Cuando el mesonero me trajo el vuelto, logré ver a Tom Buchanan a través del salón repleto de gente.

"Ven conmigo por un minuto", dije; "tengo que saludar a alguien".

Cuando nos vio, Tom saltó y caminó una docena de pasos en nuestra dirección.

"¿Dónde has estado?" Preguntó ansiosamente. "Daisy está furiosa porque no has llamado"

"Este es Mr. Gatsby, Mr. Buchanan".

Se dieron la mano brevemente y una tensa, rara mirada de vergüenza, se vio en la cara de Gatsby.

"¿Cómo has estado, de cualquier manera?" me preguntó Tom.

"¿Cómo es que has venido a comer tan lejos?"

"He estado almorzando con Mr. Gatsby".

Me volví hacia Mr. Gatsby, pero ya no estaba ahí.

***

Un día de octubre de mil novecientos diecisiete…

(Dijo Jordan Baker esa tarde, sentada muy derecha en una silla derecha en el jardín de té del Hotel Plaza)

… estaba caminando de un lado a otro, la mitad sobre las aceras y la otra mitad sobre la grama. Estaba más feliz sobre la grama, porque tenía zapatos de Inglaterra con nudos de goma que mordían la tierra suave. Tenía puesta una nueva falda a cuadros que se movía un poco por la brisa y cuando esto pasaba, las banderas de rojo, blanco y azul en frente de todas las casas se estiraban y sonaban tu-tu-tu-tu, de manera desaprobatoria.

La más grande de las banderas y la grama más larga pertenecían a la casa de Daisy Fay. Tenía apenas quince años, dos años más vieja que yo y por mucho, la chica más popular de todas las chicas de Louisville. Se vestía de blanco y tenía un pequeño descapotable blanco y todo el día el teléfono sonaba en su casa y emocionados oficiales jóvenes de Camp Taylor, pedían el privilegio de monopolizarla esa noche. "¡Aunque fuese por una hora!"

Cuando llegué al lado opuesto de su casa esa mañana, su descapotable blanco estaba al lado de la acera y ella estaba sentada con un sub teniente que no había visto antes. Estaban tan concentrados en ellos mismos que ella no me vio hasta que estuve a cinco pies de ellos.

"Hola Jordan", me habló inesperadamente. "Por favor, ven acá".

Me halagó que quisiera hablar conmigo, porque de todas las chicas mayores que yo, ella era a la que más admiraba. Me preguntó si iba a la Cruz Roja a hacer vendajes. Si, iba para allá. Bien, ¿podría decirles que ella no iba a poder ir ese día? El oficial miró a Daisy de una manera en la que cada joven quisiera que la mirasen alguna vez, y me pareció tan romántico que desde esa vez he recordado ese incidente. Su nombre era Jay Gatsby y no volví a verlo durante cuatro años – incluso después que lo hube conocido en Long Island, no me di cuenta que era el mismo hombre.

Eso fue en mil novecientos diecinueve. Al año siguiente yo tenía mis propios pretendientes y comencé a jugar en torneos, así que no veía a Daisy muy a menudo. Ella salía con un grupo un poco mayor – cuando salía. Unos locos rumores circulaban sobre ella – cómo su madre la había encontrado empacando su bolso una noche de invierno para ir a New York a despedir un soldado que se iba al extranjero. Efectivamente lo evitaron, pero dejó de hablarle a su familia durante muchas semanas. Después de eso dejó de tontear con soldados, sino sólo con algunos jóvenes del pueblo con pies planos, o miopes, que no podían entrar al ejército.

Para el siguiente otoño ella estaba feliz de nuevo. Feliz como siempre. Ella debutó después del armisticio y en febrero supuestamente estaba comprometida con un hombre de New Orleans. En junio, se casó con Tom Buchanan de Chicago, con más pompa y circunstancia de lo que Louisville había conocido jamás. Él vino con cien personas en cuatro vagones privados y alquiló un piso entero en el Hotel Muhlbach. El día antes de la boda le regaló un collar de perlas valorado en trescientos cincuenta mil dólares.

Yo era una de las damas de honor. Fui a su cuarto una hora antes de la cena nupcial y la encontré acostada en su cama tan adorable como esa noche de junio con su vestido floreado – y tan borracha como una cuba. Tenía una botella de Sauterne en una mano y una carta en la otra. "Fe-licíta-me", masculló. "No había bebido antes, pero, oh, cómo lo disfruto".

"¿Qué pasa, Daisy?"

Estaba asustada, te lo puedo decir; nunca había visto a una chica así antes.

"Aquí queridas". Metió las manos en una papelera que tenía consigo en la cama y se quitó el collar de perlas.

"Shévenlas abajo y dénsela a quinquira que perteneshcan. Íganle a toos, que Daisy se arrepintió. Íganle: ¡Daisy se arrepintió!"

Comenzó a llorar – lloró y lloró. Salí rápidamente y hallé a la criada de su madre, trancamos la puerta y le dimos un baño frío. No quería soltar la carta. La metió en la bañera con ella y la apretó hasta convertirla en una bola mojada con su mano y sólo entonces me dejó ponerla en la jabonera cuando vio que se estaba deshaciendo como nieve.

Pero no dijo ni una palabra. Le dimos sales de amoníaco, le pusimos hielo en la frente y le volvimos a poner el vestido. Media hora después, cuando salimos de la habitación, las perlas estaban en su cuello y el incidente había terminado. Al día siguiente, a las cinco, Daisy se casó con Tom Buchanan sin siquiera el más mínimo temblor, y se embarcó en un viaje de tres meses por los Mares del Sur.

Los vi en Santa Barbara cuando regresaron, y pensé que nunca había visto una chica tan loca por su marido. Si salía de la habitación por un minuto, veía a su alrededor inquieta y decía: "¿A dónde se fue Tom?" y ponía la expresión más abstracta hasta que lo veía entrando por la puerta. Solía sentarse en la arena con su cabeza sobre su regazo por horas, acariciando sus ojos con sus dedos y mirándolo con una delicia insondable. Era conmovedor verlos juntos – te hacía reír de una manera silenciosa y fascinante. Eso fue en agosto. Una semana después de haberme ido de Santa Barbara, Tom chocó con una vagoneta y perdió una de las ruedas frontales de su auto. La chica que estaba con él, apareció en los periódicos, también, porque se había fracturado un brazo. Era una de las camareras del Hotel Santa Barbara.

En abril del año siguiente, Daisy tuvo su niñita y se fueron a Francia por un año. Los vi un verano en Cannes, y más tarde en Dauville. Luego regresaron a Chicago para vivir allí. Daisy era popular en Chicago, como sabes.

Se juntaron con un grupo de gente alegre, todos jóvenes, ricos y desenfrenados, pero ella salió de ese grupo con una reputación absolutamente perfecta. Quizás porque no bebe. Es una gran ventaja no beber entre un grupo de gente que bebe bastante. Puedes controlar tu lengua y, más aún, puedes controlar cualquier irregularidad que puedas cometer sin que nadie se dé cuenta o le importe. Quizás Daisy nunca entró en el grupo buscando un caballero en armadura– y sin embargo hay algo en su voz...

Bien, hace unas seis semanas, ella oyó el nombre Gatsby por primera vez en años. Fue cuando te pregunté - ¿Te acuerdas? – si conocías a Gatsby en el West Egg. Después que te fuiste a casa, vino a mi habitación, me despertó y dijo: "¿Cuál Gatsby?" Y cuando se lo describí – yo estaba medio dormida – dijo con la voz más extraña que ese debía ser el hombre que conocía. No fue sino hasta ese momento que conecté este Gatsby con el oficial en su auto blanco.

* * *

Cuando Jordan Baker hubo terminado de contarme todo eso, ya habíamos dejado el Plaza hacía una hora y nos dirigíamos hacia Victoria a través de Central Park. El sol se había metido detrás de los altos apartamentos de las estrellas de cine en los West Fifties y las claras voces de los niños, ya reunidos como grillos en la grama, se elevaron sobre la calurosa penumbra:

"Soy el Jeque de Arabia
Tu amor me pertenece
En la noche cuando estés dormida
Me arrastraré hasta tu tienda –"

"Eso fue una extraña coincidencia", dije."

"Pero no fue una coincidencia para nada".

"¿Por qué no?"

"Gatsby compró esa casa porque que Daisy estaría justo al otro lado de la bahía"

Entonces no habían sido simplemente las estrellas a las que él había aspirado esa noche de junio. Se me volvió vivo, liberado repentinamente de las entrañas de su esplendor sin ningún propósito.

"Él quiere saber", continuó Jordan, "si tú puedes invitar a Daisy una tarde y permitirle que visite tu casa".

La modestia de la petición me estremeció. Él había esperado cuatro años y había comprado una mansión desde donde distribuyó la luz de las estrellas como polillas al azar – para poder "visitar" una tarde el jardín de un extraño.

"¿Yo tenía que saber todo esto antes que pudiera pedir ese pequeño favor?"

"Tiene miedo, porque ha esperado tanto tiempo. Pensó que podría ofenderte. Ves, él es un tipo normal debajo de toda esa apariencia"

Algo me preocupaba.

"¿Por qué no te pidió que arreglaras la cita?"

"Quiere que ella vea su casa", explicó. "Y tu casa está justo al lado".

"¡Oh!"

"Yo creo que él medio esperaba que ella caminara hasta una de sus fiestas, alguna noche", continuó Jordan, "pero nunca lo hizo. Entonces comenzó a preguntarle casualmente a la gente si la conocían, y yo fui la primera que él encontró. Fue esa noche cuando me mandó a buscar en su baile, y deberías haber oído la forma tan elaborada como llegó a ello. Por supuesto, inmediatamente le propuse un almuerzo en New York –Y creí que se había vuelto loco:

'¡No quiero hacer nada al margen!' continuó diciendo. 'Quiero verla justo al lado'".

"Cuando le dije que tú eras amigo particular de Tom, comenzó a abandonar toda la idea. Él no sabe mucho acerca de Tom, aunque dice que ha leído un periódico de Chicago durante años sólo para tener la oportunidad de lograr un vistazo al nombre de Daisy".

Ya estaba oscuro, y cuando pasamos bajo un pequeño túnel puse mi brazo alrededor del hombro dorado de Jordan, la acerqué hacia mí y la invité a cenar. De repente ya había dejado de pensar en Daisy o Gatsby, sino en esta persona limpia, dura y limitada que mantenía un escepticismo universal y que se recostaba animadamente justo dentro del círculo de mi brazo. Una frase comenzó a latir en mis oídos con una especie de emoción embriagadora: "Sólo existen los perseguidos, los perseguidores, los ocupados y los cansados".

"y Daisy debe tener a alguien en su vida", me murmuró Jordan.

"¿Ella quiere ver a Gatsby?"

"No debe saber eso. Gatsby no quiere que ella lo sepa. Sólo se supone que la invites a tomar té"

Pasamos una barrera de árboles oscuros y luego la fachada de la Calle Cincuenta y nueve, un bloque de luz pálida delicada, alumbró el parque. Al contrario de Gatsby y Tom Buchanan, no tenía una chica cuya cara sin cuerpo flotaba a lo largo de oscuras cornisas y anuncios cegadores, y así acerqué hacia mí a la chica que estaba a mi lado, apretando mis brazos, su boca pálida y desdeñosa sonrió y así la volví a acercar aún más cerca, esta vez hacia mi cara.

V

Cuando regresé a mi casa en West Egg esa noche, por un momento temí que se había incendiado. Eran las dos y toda la península estaba resplandeciente con luces que caían irreales en los arbustos y proyectaban alargados destellos en los cables del camino. Al cruzar una esquina, vi que era la casa de Gatsby, encendida con luces desde la torre hasta la bodega.

Al principio pensé que era otra fiesta, una ruta salvaje que terminaría en "el juego de las escondidas" o "sardinas en la caja", con toda la casa abierta para el juego. Pero no había ningún sonido. Sólo el viento en los árboles que movían los cables que hacían que las luces se apagaran y encendieran, como si la casa parpadeara en la oscuridad. Cuando mi taxi se iba, vi a Gatsby caminando hacia mí a través de su grama.

"Tu casa parece la Feria Mundial", dije.

"¿Te parece?" Miró hacia ella distraídamente. "He estado mirando hacia algunos de los cuartos. Vámonos a Coney Island, amigo. En mi auto".

"Es demasiado tarde".

"Bien, supón que nos echemos un chapuzón en la piscina. No la he usado durante todo el verano".

"Tengo que irme a la cama".

"Está bien".

Se quedó esperando, mirándome con ansiedad contenida.

"Hablé con Miss Baker", dije después de un momento. "Voy a llamar a Daisy mañana para invitarla a un té".

"Oh, está bien", dijo como al descuido. "No quiero causarte problemas".

"¿Qué día te convendría?"

"¿Qué día te convendría a ti?" Me corrigió inmediatamente. "No quiero causarte problemas, en verdad".

"¿Qué tal pasado mañana?"

Lo pensó por un momento. Luego, dudando: "Quiero hacer cortar la grama", dijo.

Ambos vimos la grama – Había una clara línea entre mi grama descuidada y la suya, muy bien mantenida. Sospeché que se refería a mi grama.

"Hay otro pequeño detalle", dijo con incertidumbre y dudó.

"¿Podrías posponerlo por algunos días?"

"¿Preferirías posponerlos por algunos días?" Pregunté.

"No, no es acerca de eso. Al menos..." tanteó una serie de comienzos. "Bien, pensé – bien, mira amigo, no haces mucho dinero. ¿No es así?"

"No mucho".

Eso pareció tranquilizarlo y continuó con más confianza.

"Pensé que no, si me perdonas... mira, yo tengo un pequeño negocio al margen, una especie de línea de trabajo, tú entiendes. Y pensé que no ganas mucho – vendes bonos ¿no es así, amigo?"

"Lo intento".

"Bien, esto podría interesarte. No te quitará mucho tiempo y podrías obtener una buena cantidad de dinero. Sucede que es algo más bien confidencial".

Me doy cuenta ahora que bajo distintas circunstancias esta conversación podría haber sido una de las crisis de mi vida. Pero como la oferta, presentada sin tacto alguno, consistía obviamente en prestar un servicio, no tenía otra opción que pararlo en ese momento.

"Tengo mucho trabajo". "Te lo agradezco mucho, pero no puedo tomar más trabajo".

"No tendrías nada que ver con Wolfshiem".

Evidentemente pensó que no quería la "gonnegsión" mencionada en el almuerzo, pero le aseguré que estaba equivocado. Esperó un tiempo más largo, deseando que comenzara una conversación, pero estaba demasiado absorto en mis pensamientos para ser receptivo, así que se fue sin ganas, a su casa,

La tarde me había hecho sentir algo mareado y feliz; creo que caí en un profundo sueño después de pasar por mi puerta. Así que no sé si Gatsby se fue a Coney Island o por cuantas horas había seguido mirando a sus cuartos mientras su casa resplandecía ostentosamente. Llamé a Daisy desde la oficina la mañana siguiente y la invité a tomar té.

"No traigas a Tom", le advertí.

"¿Qué?"

"No traigas a Tom".

"Quién es Tom?" Preguntó inocentemente.

El día que habíamos acordado caía un gran aguacero. A las once, un hombre con un impermeable, arrastrando una corta grama, tocó a mi puerta y dijo que Mr. Gatsby lo había enviado para cortar mi grama. Eso me hizo recordar que había olvidado decirle a mi finlandesa que regresara, así que conduje al pueblo de West Egg para buscarla entre callejones empapados y encalados y para comprar algunas tazas, limones y flores.

Las flores fueron innecesarias, porque a las dos un vivero llegó desde la casa de Gatsby con innumerables recipientes para llenarlos con su contenido. Una hora después la puerta de entrada se abrió nerviosamente y Gatsby, con un traje blanco de franela, camisa plateada y una corbata dorada, entró rápidamente. Estaba pálido y tenía marcas oscuras bajo sus ojos como muestra de haber dormido poco.

"¿Está todo bien?" Preguntó inmediatamente.

"La grama se ve bien, si es lo que estás preguntando".

"¿Cuál grama?" Inquirió en blanco. "Oh, la grama del jardín", Miró por la ventana hacia ella, pero a juzgar por su expresión, no creo que se hubiese fijado en nada.

"Se ve muy bien". Comentó con vaguedad. "Uno de los periódicos dijo que la lluvia cesaría alrededor de las cuatro. Creo que fue *The Journal*. ¿Tienes todo lo que necesitas para... el té?"

Lo llevé a la cocina, donde vio a la finlandesa con algo de reproche. Juntos revisamos las doce tortas de limón de la tienda de delicadeces.

"¿Están bien?" Pregunté.

"¡Por supuesto, por supuesto! ¡Están bien!". Y luego agregó, con una voz falsa, "... amigo".

Hacia las cuatro y media la lluvia cambió a una niebla húmeda, a través de la cual finas gotas ocasionales caían como rocío. Gatsby miraba con ojos vacíos a través de una copia de *Economics*, de Clay, comenzando por la pisada finlandesa que estremecía el piso de la cocina y mirando hacia las ventanas empañadas de vez en cuando, como si una serie de sucesos invisibles pero alarmantes tuvieran lugar afuera. Finalmente se levantó y me informó, con voz incierta, que se iba a casa.

"¿Y eso por qué?"

"Nadie va a venir para tomar té. ¡Es demasiado tarde!" Miró su reloj como si hubiese algo apremiante que hacer en otro lugar.

"No seas tonto; apenas faltan dos minutos para las cuatro".

Se sentó miserablemente, como si lo hubiese empujado, y simultáneamente se oyó el sonido de un motor llegando a mi calzada. Ambos saltamos, y, un poco angustiado, salí al jardín.

Bajo las lilas desnudas que goteaban, un auto grande venía hacia el jardín. Se detuvo. La cara de Daisy, inclinada hacia un lado, bajo un sombrero de lavanda de tres picos, me miró con una sonrisa brillante, extasiada.

"¿Es absolutamente aquí donde vives, Queridísimo?"

La excitante ondulación de su voz fue un tónico silvestre en la lluvia. Tuve que seguir ese sonido por un momento en un vaivén, sólo con mi oído, antes que salieran las palabras. Un mechón de pelo húmedo se veía como una raya de pintura azul sobre su mejilla y su mano estaba húmeda con gotas brillantes cuando la tomé para ayudarla a salir del auto.

"¿Estás enamorado de mí?", me dijo en voz baja al oído, "¿o porqué tuve que venir sola?"

"Ese es el secreto de Castle Rackrent. Dile a tu chófer que se vaya y espere una hora".

"Regresa en una hora, Ferdie". Luego con un murmullo grave: "Su nombre es Ferdie".

"¿La gasolina le afecta la nariz?"

"No lo creo", dijo inocentemente. "¿Por qué?"

Entramos. Para mi gran sorpresa, la sala estaba vacía.

"Bueno, esto es gracioso".

"¿Qué es gracioso?"

Volteó su cabeza porque hubo un ligero, solemne golpe en la puerta. Fui y la abrí. Gatsby, pálido como un muerto, con sus manos metidas como plomo en los bolsillos de su abrigo, estaba parado en un pozo de agua, mirándome trágicamente a los ojos.

Con sus manos todavía dentro de sus bolsillos, me empujó hacia el recibo, se volvió rápidamente como si estuviese en un cable y desapareció en la sala. No era nada gracioso. Consciente del fuerte latido de mi corazón, empujé la puerta contra la lluvia.

Durante medio minuto no se escuchó ningún sonido. Entonces, desde la sala escuché un murmullo ahogado y parte de una risa, seguida por la voz de Daisy en una clara nota artificial: "En verdad, estoy increíblemente contenta que estés aquí".

Una pausa que duró horriblemente. No tenía nada que hacer en la sala, así que me fui a mi habitación.

Gatsby, con las manos aún en sus bolsillos estaba recostado contra la repisa de la chimenea con una tensa, falsa pose de perfecta tranquilidad, incluso de fastidio. Su cabeza se inclinaba tanto hacia atrás que se apoyaba en la esfera de un reloj de repisa dañado y desde esta posición, sus ojos angustiados miraban a Daisy, que asustada pero grácilmente, estaba sentada en el borde de una silla rígida.

"Nos hemos conocido antes", murmuró Gatsby. Sus ojos me vieron momentáneamente y sus labios se abrieron, intentando una risa abortada. Afortunadamente, el reloj se inclinó tan peligrosamente hacia un lado por la presión de su cabeza, que tuvo que volverse para atraparlo con dedos temblorosos y lo volvió a colocar en su lugar. Luego, se sentó rígidamente, con su codo sobre el brazo del sofá y su quijada en su mano.

"Lamento lo del reloj", dijo.

MI cara se puso completamente roja. No pude encontrar ningún lugar común de los miles que tenía en mi cabeza.

"Es un reloj viejo", dije estúpidamente.

Creo que todos pensamos por un momento que se rompería en pedazos sobre el suelo.

"No nos hemos visto en muchos años", dijo Daisy, con una voz tan casual como pudo.

"Harán cinco años el próximo noviembre".

La respuesta automática de Gatsby nos hizo retroceder al menos por otro minuto. Los había hecho levantarse con la desesperada sugerencia que me ayudaran a hacer el té en la cocina, cuando la demoníaca finlandesa lo trajo en una bandeja.

Entre la bienvenida confusión de tazas y tortas, una cierta decencia física tuvo lugar. Gatsby se metió en una sombra y, mientras Daisy y yo hablábamos, nos miraba concienzudamente a mí y a ella con ojos tensos, infelices. Sin embargo, como la calma no era un final en sí misma, me excusé en el primer momento posible y me levanté.

"¿A dónde vas?" exigió Gatsby inmediatamente alarmado.

"Regresaré"

"Tengo que hablarte sobre algo antes que te vayas"

Me siguió ansiosamente hacia la cocina y susurró: "¡Oh, Dios!" miserablemente.

"¿Cuál es el problema?"

"Esto es un terrible error", dijo sacudiendo su cabeza, "un terrible, terrible error".

"Sólo estás avergonzado, eso es todo", y afortunadamente añadí: "Daisy está avergonzada también"

"¿Está avergonzada?" Repitió incrédulamente.

"Tanto como tú".

"No hables tan alto".

"Estás actuando como un niño", estallé impaciente.

"No solo eso, si no que eres descortés. Daisy está sentada allí sola"

Levantó su mano para detener mis palabras, me miró con un reproche inolvidable, y abriendo la puerta con cautela, volvió al otro cuarto.

Salí por atrás, - justo como Gatsby lo había hecho cuando hizo su circuito nervioso en la casa hacía media hora – y corrí hacia un enorme árbol negro y nudoso, cuyas masivas hojas eran como una tela contra la lluvia. Una vez más, llovía a cántaros y en mi grama irregular, bien cortada por el jardinero de Gatsby abundaban pequeños pozos fangosos y pantanos prehistóricos. No había nada que ver desde el árbol, excepto la enorme casa de Gatsby, así que me le quedé viéndola, como Kant al campanario de su iglesia, durante media hora. Un cervecero la había construido primero, durante la locura del "período", una década antes, y había una historia, según la cual, él había estado de acuerdo en pagarle los impuestos durante cinco años a los dueños de las casas de campo de los vecinos si estas tenían techos hechos de paja. Quizás la negativa de estos dio al traste con su plan de formar una familia – cayó en un declive inmediato. Sus hijos vendieron la casa con la corona negra aún en la puerta. Los americanos, aunque siempre están dispuestos, incluso interesados en ser siervos, siempre han estado en contra de ser campesinos.

Después de media hora, el sol volvió a brillar, y el automóvil de la tienda de comestibles rodeó el camino de Gatsby con la materia prima para hacer la cena de los sirvientes. Estuve seguro que él no se comería ni siquiera una cucharada de ella.

Una mucama comenzó a abrir las ventanas superiores de su casa, aparecía momentáneamente en cada una de ellas, e inclinándose sobre el gran saliente central, escupía meditativamente hacia el jardín. Ya era hora de que regresara. Mientras la lluvia continuaba parecía el murmullo de sus voces, subiendo y aumentando un poco de vez en cuando y a veces con ráfagas de emoción. Pero en el nuevo silencio sentí que el silencio había caído dentro de la casa también.

Entré – después de hacer cualquier ruido posible en la cocina, excepto empujar la estufa – pero no creo que oyeran algo. Estaban sentados en ambos extremos del sofá, mirándose las caras, como si alguna pregunta había sido hecha o estaba en el aire y cualquier vestigio de vergüenza había desaparecido. La cara de Daisy estaba llena de lágrimas y cuando entré, saltó y comenzó a secárselas con su pañuelo frente a un espejo. Pero había un cambio en Gatsby que era simplemente desconcertante. Literalmente brillaba; sin una palabra o gesto de exultación, un nuevo bienestar irradiaba de él que llenaba la pequeña sala.

"Oh, hola amigo", dijo como si no me hubiese visto en años. Por un momento pensé que me iba a estrechar la mano.

"Dejó de llover".

"Ah, ¿sí?" Cuando se dio cuenta de lo que le estaba hablando, que había pequeños destellos de luz en la sala, sonrió como un hombre del tiempo, como un patrocinador eufórico de luz permanente y le repitió la noticia a Daisy. "¿Qué te parece? Dejó de llover".

"Me alegro Jay". Su garganta, llena de dolorosa, triste belleza, expresó sólo su inesperada alegría.

"Quiero que tú y Daisy vengan a mi casa". Dijo. "Quiero mostrarle los alrededores".

"¿Estás seguro que quieres que yo vaya?"

"Absolutamente, amigo".

Daisy subió a lavarse la cara – demasiado tarde pensé con humillación en mis toallas – mientras Gatsby y yo esperábamos en la grama.

"Mi casa se ve bien, ¿no es así?" Preguntó. "Mira como el frente de ella atrapa la luz".

Estuve de acuerdo en que era espléndida.

"Sí". Sus ojos se movieron sobre ella, cada puerta arqueada y torre cuadrada. "Me llevó tres años ganarme el dinero para comprarla".

"Pensé que habías heredado tu dinero".

"Lo hice, amigo", dijo automáticamente, "pero perdí la mayor parte de él en el gran pánico – el pánico de la guerra".

Creo que apenas sabía lo que estaba diciendo, porque cuando le pregunté en qué tipo de negocio estaba me contestó: "Eso es mi problema", antes que se diera cuenta que no era una respuesta apropiada, "Oh, he estado en varias cosas", se corrigió. "Estuve en el negocio de las medicinas y luego estuve en el negocio del petróleo. Pero ahora no estoy en ninguno de los dos". Me miró con más atención. "¿Quieres decir que has estado pensando sobre lo que te propuse la otra noche?"

Antes que pudiera contestar, Daisy salió de la casa y dos hileras de botones de bronce en su vestido brillaron bajo el sol.

"¿Ese enorme lugar allí? Exclamó señalándolo.

"¿Te gusta?"

"Me encanta, pero no veo cómo puedes vivir allí solo".

Siempre lo mantengo lleno de gente interesante, de día y de noche. Gente que hace cosas interesantes. Gente célebre".

En vez de tomar el atajo a lo largo del Estrecho, tomamos el camino y entramos por la gran puerta trasera. Con murmullos encantadores, Daisy admiró un aspecto u otro de la silueta feudal contra el cielo, admiró los jardines, el olor chispeante de los junquillos, el olor a espino, flores de ciruelo y el olor a oro pálido de bésame en la puerta. Era extraño llegar a la escalera de mármol sin que hubiese ningún revuelo de vestidos brillantes saliendo o entrando por la puerta y no oír sonidos, excepto el canto de los pájaros en los árboles.

Y adentro, mientras paseábamos por los cuartos de música María Antonieta y los salones Restoration, sentí que había huéspedes ocultos detrás de cada sofá y mesa con órdenes de mantenerse completamente en silencio hasta que hubiésemos terminado de pasar.

Cuando Gatsby cerró la puerta de "The Merton College Library" podía haber jurado que oí al hombre ojos de búho estallar en una risa fantasmal.

Estábamos arriba, entre habitaciones de época envueltas en sedas de rosa y lavanda, vivas con flores recién cortadas, a través de salones de vestir, salones de pool, baños con bañeras hundidas, irrumpimos en una recámara donde un hombre desaliñado en pijamas hacía ejercicios para el hígado en el piso. Era Mr. Klipspringer, "el inquilino". Lo había visto en la mañana vagando hambriento cerca de la playa. Finalmente, entramos en el apartamento de Gatsby, una habitación, un baño y un estudio tipo Adam donde nos sentamos y tomamos una copa de un Chartreuse que sacó de un estante en la pared.

No había dejado de ver a Daisy ni un instante, y creo que reevaluaba todo en su casa de acuerdo con el tipo de respuesta que provocaba en sus bien amados ojos. Algunas veces, también, miraba sus posesiones aturdido, como si, en la real e impresionante presencia de ella, nada de eso era verdad. Por un momento, casi se cae en uno de los escalones.

Su habitación era la más sencilla de todas – excepto donde el vestidor estaba adornado con un juego de tocador de oro puro mate. Daisy tomó el cepillo con deleite y se alisó el pelo, con lo cual Gatsby se sentó, se protegió los ojos con su mano y comenzó a reír.

"Es la cosa más divertida, amigo", dijo con hilaridad, "No puedo – Cuando trato de – "

Había pasado visiblemente de por dos estados de ánimo y estaba entrando en el tercero. Después de su vergüenza y su placer irracional, estaba consumido por la maravilla de su presencia. Había mantenido esa idea por mucho tiempo, y la había soñado hasta el final, esperando con los dientes apretados, por así decirlo, con un nivel de intensidad inconcebible. Ahora, como reacción, estaba corriendo como un reloj al que le hubiesen dado demasiada cuerda.

Se recuperó en un minuto y abrió, para que lo viéramos, dos enormes gabinetes de patente que guardaban su gran cantidad de trajes, batas, corbatas y camisas; como ladrillos en pilas de una docena de alto.

"Tengo un hombre en Inglaterra que me compra ropa. Él envía una selección de cosas al comienzo de cada temporada, primavera y otoño".

Sacó una pila de camisas y comenzó a lanzarlas, una por una, delante de nosotros camisas de puro lino, gruesa seda y fina franela que perdían sus pliegues al caer y cubrir la mesa con un desarreglo de muchos colores. Mientras las admirábamos trajo más y la suave, rica pila creció más – camisas a rayas, con volutas, a cuadros; en coral, verde manzana, lavanda y naranja pálido; con monogramas de azul indio. De repente, con un sonido débil, Daisy metió la cabeza entre las camisas y comenzó a llorar desconsoladamente.

"Son camisas tan bonitas, sollozó con la voz apagada por la gruesa pila. "Me entristece porque nunca había visto camisas tan – tan hermosas.

Después de la casa, íbamos a ver el terreno, la piscina, el hidroplano y las flores de mitad de verano – pero afuera había comenzado a llover de nuevo, así que permanecimos en fila, mirando la corrugada superficie del Estrecho.

"Si no fuese por la bruma, podríamos ver tu casa del otro lado de la bahía", dijo Gatsby. "Siempre tienen una luz verde encendida toda la noche al final del muelle"

Daisy puso su brazo a través del suyo abruptamente, pero él parecía absorto en lo que acababa de decir. Posiblemente se le había ocurrido que el significado colosal de esa luz, ahora se había desvanecido para siempre. Comparada con la gran distancia que lo había separado de Daisy, esa luz había parecido estar muy cerca de ella, casi tocándola. Había parecido tan cerca como una estrella de la luna. Ahora era de nuevo una luz verde en un muelle. Su cuenta de objetos encantadores había perdido uno.

Comencé a caminar por el cuarto, examinando varios objetos indefinidos en la medio oscuridad. Una gran fotografía de un hombre viejo en traje de yatista colgado en la pared, sobre su escritorio, atrajo mi atención.

"¿Quién es ese?"

"¿Ese? Ese Mr. Dan Cody, amigo"

El nombre me sonó vagamente familiar.

"Está muerto ahora. Era mi mejor amigo hace años".

Había una pequeña foto de Gatsby en traje de yatista también, sobre la mesa – con su cabeza echada hacia atrás, desafiante – tomada aparentemente cuando tenía alrededor de dieciocho años.

"Lo adoro" exclamó Daisy. "¡El copete!" Nunca me dijiste que tenías un copete – o un yate".

"Mira esto", dijo Gatsby rápidamente. Aquí hay un montón de recortes – tuyos".

Estaban lado a lado examinándolos. Le iba a preguntar por los rubíes cuando sonó el teléfono y Gatsby lo atendió.

"Sí… Bien, no puedo hablar ahora, amigo… dije un pueblo *pequeño…* Él debe saber lo que es un pueblo pequeño… Bien, no nos es útil si Detroit es su idea de un pueblo pequeño… "

Cortó.

"¡Ven aquí rápido!" Dijo Daisy en la ventana.

La lluvia todavía caía, pero la oscuridad se había separado en el oeste y había una ola rosada y dorada de espumosas nubes sobre el mar.

"Mira eso", susurró ella, y luego después de un momento: "Me gustaría tomar una de esas nubes rosadas y ponerte en ella para pasearte por todas partes".

Intenté irme entonces, pero no querían saber nada de eso; quizás mi presencia los hacía sentir más satisfactoriamente solos.

"Ya sé lo que haremos", dijo Gatsby, "haremos que Klipspringer toque el piano".

Salió del cuarto diciendo "¡Ewing!" y regresó a los pocos minutos acompañado por un apenado, ligeramente cansado joven, con anteojos con montura de concha y escaso pelo rubio. Ahora estaba vestido decentemente con una camisa deportiva, abierta en el cuello, zapatos deportivos y pantalones de algodón con una tonalidad nebulosa.

"¿Interrumpimos su ejercicio?" preguntó Daisy amablemente.

"Estaba dormido". Respondió Mr. Klipspringer en un ataque de vergüenza. "O sea, había estado dormido. Entonces me levanté… "

"Klipspringer toca piano", dijo Gatsby, interrumpiéndolo. "¿No es así, amigo?"

"No lo toco bien. Yo… apenas lo toco. No he pract… "

"Bajemos", interrumpió Gatsby. Activó un interruptor y las grises ventanas desaparecieron cuando la casa brilló llena de luz.

En el salón de música, Gatsby encendió una lámpara solitaria al lado del piano. Le encendió un cigarrillo a Daisy con un fósforo tembloroso y se sentó con ella en un sofá al otro lado del salón, donde no había luz excepto la que el piso pulido reflejaba del salón.

Cuando Klipspringer hubo finalizado "The Love Nest", giró en el banco y buscó infelizmente a Gatsby en la penumbra.

"Hace tiempo que no practico, ve, le dije que no podía tocar, que me falta prác... "

"No hables tanto, amigo", ordenó Gatsby. "¡Toca!"

"In the morning,
In the evening
Ain't we got fun... "

Afuera el viento sonaba fuerte y había un débil flujo de truenos por el Estrecho. Todas las luces se encendían ahora en el West Egg; los trenes eléctricos, llevaban hombres que regresaban a casa bajo la lluvia desde New York. Esta era la hora de un profundo cambio humano y la emoción se generaba en el aire.

"One thing's sure and nothing's surer
The rich get richer and the poor get – children.
In the meantime,
In between time – "

Mientras iba a despedirme vi que la expresión de desconcierto había regresado a la cara de Gatsby, como si una leve duda lo hubiese asaltado sobre su felicidad actual. ¡Casi cinco años! Debe haber habido momentos incluso en esa tarde, cuando Daisy se quedó corta en su sueño, no por culpa de ella, sino por la colosal vitalidad de su ilusión. Estaba más allá de ella, más allá de todo. Él se había lanzado a esa ilusión con una pasión creativa, añadiéndole todo el tiempo, adornándola con cada pluma brillante que volaba hacia él. Ninguna cantidad de fuego o frescura podía desafiar lo que un hombre puede guardar en su fantasmal corazón.

Mientras lo observaba, se compuso un poco, visiblemente. Su mano tomó las de ellas y mientras ella decía algo en voz baja en su oído, se volvió hacia ella con una urgente emoción. Creo que esa voz lo retuvo más, con su fluctuante, y febril calidez, porque no podía excederse en su sueño – esa voz era una canción inmortal.

Me habían olvidado, pero Daisy miró hacia arriba y sostuvo su mano extendida; Gatsby no me conocía para nada. Los miré una vez más y me devolvieron la mirada, remotamente, poseídos por una intensa vida. Entonces me fui de la habitación y bajé las escaleras de mármol hacia la lluvia, dejándolos allí juntos.

VI

Para esa época un reportero joven y ambicioso de New York, llegó una mañana a la casa de Gatsby y le preguntó si tenía algo que declarar.

"¿Algo acerca de qué?" Preguntó Gatsby educadamente.

"Bien, cualquier comentario que quiera hacer".

Resultó, después de cinco minutos confusos que el hombre había oído el nombre de Gatsby en su oficina en conexión con algo que, o no quería revelar, o no entendió del todo. Era su día libre y con una iniciativa loable, había ido "para ver".

Era una jugada audaz, y sin embargo el instinto del reportero era correcto. La notoriedad de Gatsby, debida a los cientos de personas que habían aceptado su hospitalidad y que se habían convertidos en autoridades sobre su pasado, había aumentado durante todo el verano hasta que poco le faltaba para ser noticia. Leyendas contemporáneas como "la tubería clandestina hacia Canadá" se las habían achacado, y había una historia persistente según la cual él no vivía en una casa, sino en un bote que parecía una casa y que era movida secretamente por toda Long Island. El por qué estos inventos eran una fuente de satisfacción para James Gatz, de North Dakota, no era fácil de explicar.

James Gatz – ese era realmente, o al menos legalmente, su nombre. Se lo había cambiado a la edad de dieciséis años y en el momento específico que presenció el comienzo de su carrera; cuando vio el yate de Dan Cody anclar en el más traicionero bajo de Lake Superior. Era James Gatz quien había estado holgazaneando por la playa esa tarde con un jersey verde rasgado y un par de pantalones de lona, pero ya era Jay Gatsby quien pidió prestado un bote a remos, se dirigió hacia el *Tuolomee*, y le informó a Cody que un viento podría atraparlo y romperlo en media hora.

Supongo que ya tenía el nombre listo durante mucho tiempo, incluso entonces. Sus padres eran granjeros holgazanes y fracasados – en su imaginación nunca los había aceptado como padres en absoluto. La verdad era que Jay Gatsby, de West Egg, Long Island, salió de la concepción platónica de sí mismo. Era un hijo de Dios – Una frase que, si significa algo, significa justo eso – y debía estar en los negocios de Su Padre, al servicio de una vasta, vulgar y rimbombante belleza. Así que se inventó justo la clase de Jay Gatsby que un chico de diecisiete años estaría dispuesto a inventar, y a este concepto le fue fiel hasta el final.

Durante más de un año se había pasado la vida a lo largo de la ribera sur del Lake Superior como buscador de ostras y pescador de salmones, o en cualquier otra cosa que le proporcionara comida y cama. Su cuerpo, dorado y fornido vivía en el medio-fuerte, medio-holgazán trabajo de los vigorizantes días. Conoció a las mujeres pronto y como lo complacían, se hizo presuntuoso con ellas, con las jóvenes vírgenes por su ignorancia y con las otras porque se ponían histéricas por cosas, que con su abrumadora autosuficiencia, tomaba por obvias.

Pero su corazón vivía en una constante turbulencia. Las más grotescas y fantástica presunciones lo perseguían en su cama durante las noches. Un universo de inevitable ostentación le daba vuelta en su cabeza mientras el reloj caminaba sobre el lavabo y la luna empapaba con luz húmeda sus ropas tiradas sobre el piso. Todas las noches añadía fantasías hasta que la somnolencia se cerraba sobre una vívida escena en un abrazo inconsciente. Por un tiempo, estas fantasías le proporcionaban una salida a su imaginación; era un indicio satisfactorio de la irrealidad de la realidad, una promesa que el mundo estaba fundado de manera segura en el ala de un hada.

Un instinto sobre su gloria segura lo había llevado, pocos meses antes, al pequeño Lutheran College of St. Olaf's en el sur de Minnesota, Estuvo allí durante dos semanas, consternado por la feroz indiferencia hacia su destino, al destino mismo, y terminó despreciando el trabajo de conserje con que pensaba pagar sus estudios. Luego volvió de nuevo a Lake Superior y aún estaba buscando algo que hacer ese día que el yate de Dan Cody ancló en los bajos de la costa.

Cody tenía cincuenta años en ese entonces, un producto de las minas de plata de Nevada, del Yukón, de cada fiebre de metales desde el setenta y cinco. Las transacciones con el cobre de Montana que lo hicieron varias veces millonario lo encontraron físicamente robusto pero al borde de una debilidad mental, y sospechándolo, un número infinito de mujeres habían intentado quitarle su dinero. Las razones muy cuestionables por las que Elia Kaye, la reportera, interpretó a Madame de Maintenon para aprovecharse de su debilidad, y enviarlo al mar en un yate, era algo común en el periodismo turgente de 1902. Había estado navegando por costas tranquilas durante cinco años cuando apareció como el destino de James Gatz en la bahía Little Girl.

Para el joven Gatz, descansando sobre los remos y mirando a la cubierta con barandas, ese yate representaba toda la belleza y el glamour del mundo. Supongo que le sonrió a Cody; probablemente ya había descubierto que le gustaba a la gente cuando sonreía.

De cualquier forma, Cody le hizo algunas preguntas (una de ellas produjo el nuevo nombre) y halló que él era rápido y extraordinariamente ambicioso. Algunos días después lo llevó a Duluth y le compró un blazer azul, seis pares de pantalones de algodón y una gorra de yatista. Cuando el *Tuolomee* partió hacia las West Indies y la Barbary Coast, Gatsby también iba ahí.

Estaba empleado, en cierta, indefinida manera, como ayudante personal. Mientras permaneció con Cody fue camarero, oficial, patrón, secretario e incluso carcelero; porque Dan Cody sobrio, sabía cuan generoso podía llegar a ser Dan Cody borracho, y preveía esas contingencias poniendo cada vez más su confianza en Gatsby. Esa situación duró cinco años, durante los cuales el bote navegó tres veces alrededor del continente. Pudo haber durado indefinidamente, excepto por el hecho que Ella Kaye vino a bordo una noche en Boston y una semana más tarde, Dan Cody murió.

Recuerdo el retrato de él en la habitación de Gatsby, un hombre, gris, florido, con una cara dura, vacía. El pionero libertino, que durante una fase de la vida americana trajo de nuevo a la costa este la salvaje violencia del burdel y el salón de la frontera. El que Gatsby bebiera muy poco era indirectamente debido a Cody. Algunas veces, durante el transcurso de las alegres fiestas, las mujeres acostumbraban frotarle el cabello con champaña; él se había hecho al hábito de no meterse con la bebida.

Y fue de Cody que heredó su dinero, un legado de veinticinco mil dólares. Nunca lo entendió. Nunca entendió las cosas legales usadas contra él, pero lo que quedó de los millones pasó intacto a Ella Kaye. Él se quedó con su singular educación apropiada; el vago contorno de Jay Gatsby se había convertido substancialmente en un hombre.

***

Esto me lo contó mucho después, pero lo he puesto aquí con la idea de acabar con todos esos rumores salvajes acerca de sus antecedentes, que no eran ni remotamente ciertos. Más aun, me lo dijo en un momento de confusión, cuando yo había llegado al punto de creer todo y nada sobre él. Así que me aprovecho de este alto, mientras Gatsby, por decirlo de alguna manera, recuperaba el aliento para acabar con todas esas informaciones falsas.

También fue un alto en mi asociación con sus asuntos. Durante varias semanas no lo vi, ni oí su voz en el teléfono. Principalmente porque estaba en New York moviéndome con Jordan y tratando de agradarle a su tía senil. Pero finalmente fui a su casa un domingo en la tarde. No había estado allí dos minutos, cuando alguien trajo a Tom Buchanan por un trago. Estaba perplejo, naturalmente, pero lo verdaderamente sorprendente es que no hubiese pasado antes.

Había un grupo de tres personas a caballo; Tom, un hombre llamado Sloane y una hermosa mujer con un traje de montar marrón que había estado allí antes.

"Estoy encantado de verles", dijo Gatsby, parado en el porche. "Me encanta que hayan venido".

¡Cómo si les importara!

"Siéntense. Tengan un cigarrillo o un tabaco". Caminó rápidamente alrededor del cuarto, sonando unas campanas. "Les tendré algo de beber en un minuto".

Estaba profundamente afectado por el hecho que Tom estuviera allí. Pero igualmente se sentiría incómodo hasta que les brindara algo, pensando de manera vaga que era por eso que habían ido. Mr. Sloane no quería nada. ¿Una limonada? No, gracias. ¿Un poco de champaña? Nada, nada, gracias... Lo siento.

"¿Tuvieron una buena cabalgata?"

"Muy buenos caminos por aquí".

"Supongo que los automóviles... "

"Sí".

Movido por un impulso irresistible, Gatsby se volvió hacia Tom, quien había aceptado su presentación como un extraño.

"Creo que nos hemos conocido antes, Mr. Buchanan".

"Oh, sí", dijo Tom educadamente, pero obviamente sin recordarlo. "Lo hicimos, lo recuerdo muy bien"

"Hace alrededor de dos semanas".

"Eso es correcto. Estaba con Nick".

"Conozco a su esposa", continuó Gatsby, casi agresivamente.

"Ah, ¿sí?"

Tom se volvió hacia mí.

"¿Tú vives cerca, Nick?"

"Al lado".

"Ah, ¿Sí?"

Mr. Sloane no participó de la conversación, pero se recostó con altivez en su silla; la mujer tampoco dijo nada, hasta que inesperadamente, después de dos highballs, se puso cordial.

"Todos vendremos a su próxima fiesta, Mr. Gatsby". Sugirió. "¿Qué dice usted?"

"Ciertamente estaría encantado de tenerlos aquí".

"Es muy amable", dijo Mr. Sloane con gratitud. "Bien, creo que debemos irnos a casa".

"Por favor, no hay que apurarse". Les pidió Gatsby. Había logrado controlarse y quería saber más de Tom, "¿Por qué no...? ¿Por qué no se quedan para comer? No me sorprendería que viniera alguien más de New York".

"Venga a comer conmigo". Dijo la dama entusiasmada. "Ambos".

Eso me incluía. Mr. Sloane se levantó.

"Vamos". Dijo – pero solo a ella.

"Lo digo de verdad", insistió ella. "Me encantaría que vinieran. Tenemos cuartos suficientes".

Gatsby me miró inquisitivamente. Quería ir y no había notado que Mr. Sloane no quería que fuera.

"Me temo que no podré ir", dije.

"Bien, venga usted", lo instó, concentrándose en Gatsby.

Mr. Sloane murmuró algo cerca de su oído.

"No llegaremos tarde si comenzamos ahora", insistió ella en voz alta.

"No tengo caballos" dijo Gatsby. "Los montaba en el ejército, pero nunca compré uno. Tendré que seguirlos en mi auto. Discúlpenme sólo un minuto".

El resto de nosotros caminamos hacia el porche, donde Sloane y la dama comenzaron una apasionada conversación a un lado.

"Por Dios, Creo que el hombre va a venir", dijo Tom. "¿No sabe que ella no quiere?"

"Ella dice que sí lo quiere allí".

"Ella tiene una gran cena y él no conocerá a nadie allí". Frunció el ceño. "Me pregunto dónde diablos conoció a Daisy. Por Dios, puedo tener ideas anticuadas, pero las mujeres andan por ahí demasiado para mi gusto. Conocen a cualquier loco".

De repente Mr. Sloane y la dama bajaron las escaleras y se montaron en sus caballos.

"Vamos", le dijo Mr. Sloane a Tom, "Ya es tarde. Tenemos que irnos". Y a mí: "Dígale que no pudimos esperar, ¿por favor?"

Tom y yo nos estrechamos las manos, el resto de nosotros solo inclinamos la cabeza y se fueron trotando por la calle, desapareciendo bajo el follaje de agosto justo cuando Gatsby, con un sombrero y un abrigo ligero en la mano, salía a la puerta.

Tom estaba tan evidentemente perturbado que Daisy hubiera salido sola, que al sábado siguiente fue con ella a la fiesta de Gatsby. Quizás su presencia le dio a la noche su peculiar calidad de opresión. Esa fiesta sobresale en mis recuerdos entre todas las otras de ese verano. Había la misma gente, o al menos el mismo tipo de gente, la misma profusión de champaña, la misma conmoción de distintos colores y distintas actitudes, pero sentía algo desagradable en el aire, una penetrante dureza que no había estado allí antes. O quizás simplemente me había acostumbrado a eso, a aceptar al West Egg como un mundo contenido en sí mismo, con sus propios estándares y sus grandes personajes inferiores a nadie porque no tenían conciencia de ser así, y ahora yo lo estaba viendo de nuevo, a través de los ojos de Daisy. Invariablemente es entristecedor el mirar a través de nuevos ojos las cosas en las cuales has empleado tus propios poderes de ajuste.

Llegaron al crepúsculo y mientras paseábamos entre los muchos brillantes personajes, la voz de Daisy jugaba con murmullos en su garganta.

"Estas cosas me excitan tanto", me murmuró. "Si quieres besarme en cualquier momento durante la noche Nick, házmelo saber y me encantará ponernos de acuerdo. Solo menciona mi nombre. O muestra una tarjeta verde. Estoy repartiendo tarjetas... "

"Miren alrededor", sugirió Gatsby.

"Estoy mirando alrededor. Estoy disfrutando un maravilloso... "

"Deben ver caras de mucha gente sobre la que han oído".

Los ojos arrogantes de Tom recorrieron la multitud.

"No salimos mucho", dijo; "de hecho, justo estaba pensando que no conozco a nadie aquí".

"Quizás conozca a esa dama". Gatsby señaló una preciosa, una casi humana orquídea de mujer sentada bajo un ciruelo blanco. Tom y Daisy se la quedaron viendo con ese sentimiento peculiarmente irreal que acompaña al reconocimiento de una hasta ahora fantasmal celebridad de las películas."

"Ella es encantadora", dijo Daisy

"El hombre inclinado hacia ella es su director".

Los llevó ceremonialmente de grupo en grupo.

"Mrs. Buchanan... Mr. Buchanan... ". Después de un momento de duda, agregó: "el jugador de polo".

"Oh, no", objetó Tom rápidamente, "yo no".

Pero evidentemente el sonido le agradó a Gatsby, porque Tom permaneció como "el jugador de polo", por el resto de la noche.

"Nunca había conocido tantas celebridades", exclamó Daisy. "Me gustó ese hombre - ¿Cuál fue su nombre? – con la nariz como azul".

Gatsby lo identificó, añadiendo que era un pequeño productor.

"Bueno, de todas maneras me gusta".

"No me gusta tanto ser el jugador de polo", dijo Tom agradablemente. "Prefiero ver a toda esta gente famosa – de incógnito".

Daisy y Gatsby bailaron. Recuerdo quedar sorprendido por su grácil, conservador foxtrot – no lo había visto bailar antes. Luego pasearon hasta mi casa y se sentaron en los escalones por media hora, mientras que a pedido de ella, permanecí de guardia en el jardín. "En caso que haya un incendio o una inundación", explicó, "o cualquier acto de Dios".

Tom salió de su olvido cuando nos sentábamos a cenar. "¿Les importa si como con esa gente de allá? Dijo. "Un tipo está contando unas cosas graciosas",

"Anda", respondió Daisy genialmente "y si quieres anotar algunas direcciones, aquí tienes mi pequeño lápiz dorado". ... después de un momento miró alrededor y me dijo que la chica era "común, pero bonita", y supe que, excepto por la media hora que había estado a solas con Gatsby, no se estaba divirtiendo.

Estábamos en una mesa de borrachos. Eso fue mi culpa – a Gatsby lo habían llamado al teléfono y yo había disfrutado a esta misma gente hacía solo dos semanas. Pero lo que me había divertido entonces se había vuelto séptico en el aire.

"¿Cómo se siente Miss Baedeker?"

La chica a la que me había dirigido estaba tratando, sin éxito, desplomarse en mi hombro. Con la pregunta se enderezó y abrió los ojos.

"¿Qué?"

Una mujer masiva y letárgica que había estado pidiéndole a Daisy que jugara golf con ella en el club local a la mañana siguiente, habló en defensa de Miss Baedeker:

"Oh, ella está bien ahora. Cuando se ha tomado cinco o seis cócteles, siempre comienza a gritar así. Le digo que debe dejar la bebida".

"La he dejado", afirmó la acusada falsamente.

"La oímos gritando, así que le dije al doctor Civet: 'hay alguien que lo necesita doctor'".

"Está muy agradecida, estoy segura", dijo otra amiga sin gratitud, "pero le mojó todo el vestido cuando le metió la cabeza en la piscina".

"Si hay algo que odio es que metan mi cabeza en la piscina", balbuceó Miss Baedeker. "Casi me ahogan una vez en New Jersey".

"Entonces debería dejar de beber", comentó el doctor Civet.

"¡Véase a sí mismo!" Exclamó Miss Baedeker violentamente. "Sus manos tiemblan. ¡No lo dejaría operarme!"

"Así es como fue. Casi la última cosa que recuerdo era estar parado con Daisy viendo al director de cine y su estrella. Aún estaban bajo el cerezo blanco y sus caras se tocaban, excepto por un rayo de luz de luna pálido y tenue que se colaba entre ellas. Recordé que él se había estado inclinándose hacia ella toda la noche para lograr esa proximidad, e incluso, cuando los observaba lo vi encorvarse un último grado y besarla en la mejilla.

"Ella me gusta", dijo Daisy. "Creo que es encantadora".

Pero el resto la ofendía, indiscutiblemente, porque no era un gesto, sino una emoción. Ella estaba espantada por West Egg, ese "lugar" sin precedente que Broadway había engendrado sobre una villa de pescadores de Long Island. Aterrada por su crudo vigor que irritaba por los viejos eufemismos y el destino demasiado perturbador que arreaba a sus habitantes por el atajo de la nada a la nada. Ella veía algo malo en la mismísima simplicidad que no podía entender.

Me senté en los escalones del frente con ellos mientras esperaban su auto. El frente estaba oscuro, solo la puerta brillante enviaba unos diez pies cuadrados de luz que se dispersaba en la suave noche matutina. Algunas veces una sombra que se movía sobre las persianas de un vestidor arriba, daba lugar a otra sombra, en una procesión de sombras indefinidas que coloreaban y pulían un vidrio invisible,

"¿Quién es este Gatsby?" Demandó Tom de repente.

"¿Algún gran contrabandista?"

"¿Dónde oíste eso?" Pregunté.

"No lo oí. Me lo imaginé. La gran mayoría de estos nuevos ricos, son simplemente contrabandistas. Tú sabes".

"Gatsby no", dije escuetamente.

Se quedó en silencio por un momento. Los guijarros del camino sonaban bajo sus pies.

"Bien, ciertamente se debe haber esforzado para reunir esta colección de animales".

Una brisa agitó el cuello de piel gris de Daisy.

"Al menos son más interesantes que la gente que conocemos". Dijo Daisy con cierto esfuerzo.

"No parecías muy interesada".

"Bien, sí lo estaba".

Tom se rió y se volvió hacia mí.

"¿Viste la cara de Daisy cuando esa chica le pidió que la metiera bajo una ducha fría?"

Daisy comenzó a cantar junto con la música con un susurro ronco, rítmico, brindándole un significado a cada palabra que no había tenido antes y que nunca volvería a tener. Cuando la melodía subió de volumen, su voz se rompió dulcemente, siguiéndola, en la forma que las voces contraltos lo hacen y cada cambio le hacía mostrar un poco de su tibia magia humana al aire.

"Viene mucha gente que no ha sido invitada", dijo ella de repente. "Esa chica no había sido invitada. La gente simplemente se aparece y él es demasiado educado para protestar"

"Me gustaría saber quién es y que hace". Insistió Tom. "Y creo que me propondré averiguarlo"

"Te lo puedo decir ahora mismo", respondió ella. "Tenía algunas farmacias, bastantes farmacias. Las construyó él mismo".

La limosina, que se había tardado, apareció en el camino.

"Buenas noches, Nick", dijo Daisy.

Su mirada se apartó de mí y busco el alumbrado tope de la escalera, donde "Three O'clock in the Morning" un vals estupendo, triste, de ese año se colaba por la puerta abierta. Después de todo, en la informalidad de las fiestas de Gatsby había posibilidades románticas totalmente ausentes del mundo. ¿Qué había en esa canción que parecía estarle diciendo que regresara? ¿Qué pasaría ahora en las atenuadas horas incalculables? Quizás algún huésped increíble llegaría, una persona infinitamente rara ante la cual maravillarse, alguna joven auténticamente radiante, que con una fresca mirada a Gatsby, un momento de encuentro mágico, borraría esos cinco años de devoción inquebrantable.

Me quedé hasta tarde esa noche. Gatsby me pidió que esperara hasta que estuviera libre y permanecí en el jardín hasta que la inevitable fiesta de bañistas en la oscura playa se había terminado, helada y exaltada; hasta que las luces de los cuartos de huéspedes se habían apagado. Cuando por fin bajó por las escaleras, la bronceada piel se veía inusualmente tensa sobre su cara y sus ojos estaban brillantes y cansados

"A ella no le gustó" dijo inmediatamente.

"Claro que sí"

"No le gustó", insistió, "No la pasó bien".

Se quedó callado, y adiviné su indescriptible depresión.

"Me siento muy lejos de ella", dijo, "es difícil hacerla entender".

"¿Te refieres al baile?"

"¿El baile?" Él descartó todos los bailes que había dado con un chasquido de sus dedos. "Amigo, el baile no tiene importancia".

Solo quería que Daisy se dirigiera a Tom y le dijera: "Nunca te he amado". Después que hubiese borrado cuatro años con esa oración, podrían decidir qué medidas más prácticas tomar. Una de ellas era, que después que quedara libre, regresarían a Louisville donde se casarían en la casa de ella, como si fuese hace cinco años.

"Y ella no entiende", dijo. "Ella era capaz de entender. Nos sentábamos por horas… "

Se interrumpió y comenzó a caminar arriba y abajo por un desolado sendero de cáscaras de frutas, obsequios descartados y flores trituradas.

"Yo no le pediría demasiado", me aventuré a decirle. "No puedes repetir el pasado",

"¿No se puede repetir el pasado?" exclamó incrédulo. "Por supuesto que se puede".

Miró alrededor de él salvajemente, como si el pasado estuviese acechando en la oscuridad de su casa, justo fuera del alcance de su mano.

"Voy a arreglar todo para que sea exactamente igual a como era antes", dijo asintiendo determinado. "Ella va a ver".

Habló mucho acerca del pasado y supongo que quería recuperar algo, alguna idea de él mismo quizás, que había llegado a enamorarse de Daisy. Su vida había sido confusa y desordenada desde entonces, pero si pudiera regresar a un cierto lugar de inicio y a partir de allí recorrer todo lentamente, podría encontrar lo que esa cosa era….

… Una noche de otoño, hacía cinco años, habían estado caminando por la calle cuando las hojas caían y llegaron a un lugar donde no había árboles y la acera se veía blanca a la luz de la luna. Se detuvieron allí y voltearon a mirarse. Ahora era una noche fría con esa emoción misteriosa en ella que viene con los dos cambios del año. Las tranquilas luces en las casas zumbaban en la oscuridad y había una agitación y un movimiento entre las estrellas. Con el rabillo del ojo Gatsby vio que los bloques en las aceras realmente formaban una escalera que llevaba a un lugar secreto entre los árboles. Él podía subir por ella, si lo hacía solo, y una vez arriba podía absorber la papilla de la vida, tragarse la incomparable leche de lo maravilloso.

Su corazón latía más rápido cuando la blanca cara de Daisy se acercaba a la de él. Sabía que cuando besara a esta chica y uniera para siempre sus indescriptibles visiones con su perecedero aliento, su mente nunca jugaría de nuevo como la mente de Dios. Así que esperó, escuchando por un momento más al diapasón que había sido golpeado contra una estrella. Al toque de sus labios ella floreció como una rosa y la reencarnación fue completa.

A través de todo lo que dijo, aún a través de su insoportable sentimentalismo, casi recordé algo. Un ritmo elusivo, un fragmento de palabras perdidas que había oído en alguna parte hacía mucho tiempo. Por un momento, una frase trató de formarse en mi boca y mis labios se separaron como los de un bobo, como si apenas pudiese pasar entre ellos una ráfaga de aire repentina. Pero no hicieron ningún sonido y lo que casi había recordado terminó callado para siempre.

VII

Fue cuando la curiosidad sobre la vida de Gatsby estaba en su punto más alto, las luces de su casa no se encendieron un sábado por la noche, y tan oscura como había comenzado su carrera como Trimalchio, había terminado. Gradualmente me di cuenta que los automóviles que llegaban expectantes a su calzada permanecían apenas un minuto antes de marcharse de mal humor. Preguntándome si estaría enfermo fui hasta allá para encontrarme con un mayordomo no conocido, con cara de villano, que me miró sospechosamente con los ojos entrecerrados desde la puerta.

"¿Está enfermo Mr. Gatsby?"

"No". Y después de una pausa añadió "señor" de manera tardía y a regañadientes.

"No lo he visto por aquí y he estado preocupado. Dígale que Mr. Carraway vino".

"¿Quién?" Preguntó con rudeza.

"Carraway".

"Carraway. Muy bien. Se lo diré".

Abruptamente me tiró la puerta.

Mi finlandesa me informó que Gatsby había despedido a todos los sirvientes de su casa hacía una semana y los había reemplazado con una media docena de personas que nunca iban al pueblo de West Egg para evitar ser sobornados por los comerciantes, que ordenaban sus provisiones, ahora moderadas, por teléfono. El muchacho de la tienda reportó que la cocina parecía un cochinero y que la opinión general en el pueblo era que los nuevos empleados no eran de manera alguna sirvientes.

Al día siguiente, Gatsby me llamó por teléfono.

"¿Te vas a ir?" Pregunté.

"No, amigo".

"Oí que despediste a todos tus sirvientes".

"Quería a alguien que no fuera chismoso. Daisy viene muy a menudo, por las tardes".

"Así que todos los proveedores habían caído como una casa de naipes por la desaprobación de ella.

"Son algunas personas por las que Wolfshiem quería hacer algo. Son hermanos y hermanas. Ellos solían administrar un pequeño hotel.

"Ya veo".

Me había llamado por pedido de Daisy. ¿Podría ir a su casa a almorzar mañana? Miss Baker estaría allí.

Media hora más tarde, la misma Daisy me telefoneó y se sintió aliviada al saber que iría. Algo pasaba. Pero no podía creer que ellos escogieran esta ocasión para montar una escena. Especialmente por la terrible escena que Gatsby había esbozado en el jardín.

Al día siguiente hacía mucho calor, casi el último y ciertamente el más caliente del verano. Cuando mi tren emergía del túnel a la luz del sol, sólo los calientes pitidos de la National Biscuit Company rompían el hirviente silencio del mediodía. Los asientos de paja de del vagón estaban al borde de la combustión; la mujer a mi lado sudaba delicadamente su blusa blanca y entonces, cuando su periódico se humedeció en sus dedos cayó desesperadamente en un calor profundo con un grito desolado. Su cartera cayó al suelo.

"Oh, Dios mío", jadeó.

La recogí con un movimiento cansado y se la regresé con el brazo extendido y sosteniéndola por una esquina para indicarle que no tenía intención de quedármela, pero todos los que estaban cerca, incluyendo a la mujer, sospecharon de mí igualmente.

"¡Caliente!" Le dijo el conductor a las caras familiares. "¡Vaya clima!... ¡Caliente!... ¡Caliente!... ¡Caliente!... ¿Hace bastante calor para usted? ¿Hace calor? ¿Hace…?"

Mi boleto de conmutación me fue devuelto con una mancha oscura de su mano. ¡Qué importaba en este calor cuáles labios acalorados besar, cuál cabeza manchaba el bolsillo de la pijama sobre el corazón!

… A través de la sala de la casa de los Buchanan soplaba una débil brisa que llevaba el timbre del teléfono hasta Gatsby y yo mientras esperábamos en la puerta.

"¿El cuerpo del señor?" rugió el mayordomo en el teléfono. "Lo siento señora, pero no podemos entregarlo. ¡Está demasiado caliente para poder tocarlo este mediodía!"

Pero lo que en realidad dijo fue: "Sí… Sí… Veré".

Colgó el receptor y vino hacia nosotros brillando ligeramente, para tomar nuestros sombreros de paja.

"¡La señora los espera en el salón!" Exclamó indicándonos innecesariamente la dirección. Con este calor cada gesto extra era una afrenta al sentido común.

El cuarto, bien sombreado con toldos, estaba oscuro y fresco. Daisy y Jordan yacían sobre un enorme sofá, como ídolos de plata manteniendo fijos sus vestidos blancos contra el sonido de la brisa que salía de los ventiladores.

"No podemos movernos", dijeron al unísono.

Los dedos de Jordan, con su bronceado cubierto por talco blanco, descansaron por un momento sobre los míos

"¿Y Mr. Thomas Buchanan, el atleta?" Pregunté.

Simultáneamente, oí su voz, áspera, apagada, ronca en el teléfono del pasillo.

Gatsby se paró en el medio de la alfombra carmesí y miraba alrededor con ojos fascinados. Daisy lo miró y se rió con su dulce, excitante voz; una pequeña ráfaga de talco salió de su pecho al aire.

"El rumor es", susurró Jordan, "que esa es la chica de Tom al teléfono"

Nos quedamos en silencio. La voz en el pasillo se elevó con disgusto: "Muy bien, entonces, no te venderé el auto... No tengo ninguna obligación contigo... y el que me molestes con eso durante el almuerzo, ¡no lo soportaré de ninguna manera!"

"Está manteniendo presionado el teléfono", dijo Daisy cínicamente.

"No, no lo está haciendo", le aseguré. "Es un negocio de verdad. Resulta que lo sé".

Tom abrió la puerta, bloqueó el espacio en ella por un momento con su gran cuerpo, y se adentró en el salón.

"¡Mr. Gatsby!" Extendió su amplia mano con un disgusto bien escondido. "Me alegro de verlo señor; Nick... "

"Prepáranos una bebida fría", exclamó Daisy.

Cuando salió del cuarto de nuevo, Daisy se levantó; se dirigió a Gatsby y lo atrajo hacia ella, besándolo en la boca.

"Sabes que te amo", susurró,

"Se te olvida que hay una dama presente", dijo Jordan.

Daisy miró alrededor dudando.

"Besa a Nick también".

"Qué baja, vulgar, chica".

"¡No me importa!", exclamó Daisy y comenzó a bailar frente a la chimenea de ladrillos. Luego recordó el calor y se sentó sintiéndose culpable en el sofá, justo cuando una nana con ropa fresca, recién lavada, guiando a una niñita, entró en el salón.

"Ben-dita pre-ciosa", canturreó, extendiendo sus brazos. "Ven a tu madre que te ama".

La niña, cedida por la nana, corrió a través del cuarto y se acomodó tímidamente en el vestido de su madre.

"¡La ben-dita pre-ciosa! ¿Tu madre te llenó de talco tu pelo amarillo viejo? Levántate ahora y di - ¿Cómo está?"

Gatsby y yo nos turnamos para inclinarnos y tomar la pequeña mano renuente. Después se quedó viendo a la niña con sorpresa. No creo que en realidad hubiese creído en su existencia antes.

"Me vestí antes del almuerzo", dijo la niña volviéndose ansiosamente hacia Daisy.

"Eso fue porque tu madre quería que te lucieras". Su cara se hundió en la única arruga en el pequeño cuello blanco.

"Tú, soñada tú. Tú, absoluto pequeño sueño".

"Sí", admitió la niña con calma. "La tía Jordan también tiene un vestido blanco".

"¿Qué te parecen los amigos de tu madre? Daisy la hizo girar para que viera a Gatsby. "¿Crees que son bonitos?"

"¿Dónde está papi?"

"No se parece a su padre", explicó Daisy. "Se parece a mí. Sacó mi cabello y la forma de la cara".

Daisy se volvió a sentar en el sofá. La nana tomó un paso adelante y sostuvo su mano.

"Vamos, Pammy".

"¡Adiós cariño!"

Con una mirada reluctante hacia atrás, la muy disciplinada niña sostuvo la mano de su nana y fue sacada del salón, justo cuando Tom regresaba con cuatro gin tonics que tintineaban llenos de hielo.

Gatsby tomó su bebida

"Ciertamente se ven fríos", dijo, con una tensión visible.

Bebimos con tragos largos y golosos.

"Leí en alguna parte que el sol se calienta más cada año". Dijo Tom con genialidad. "Parece que muy pronto, la tierra va a caer dentro del sol – o, espera un minuto – es justo lo opuesto, el sol se está poniendo más frío cada año".

"Venga afuera", le sugirió a Gatsby, "Me gustaría que viera el sitio".

Salí con ellos a la terraza. En el verde Estrecho, atascado en el calor una pequeña vela se movía lentamente hacia el mar más fresco. Los ojos de Gatsby la siguieron momentáneamente; levantó la mano y señaló al frente de la bahía.

"Estoy justo al frente de ustedes".

"Entonces, está enfrente".

Nuestros ojos se levantaron por encima de los rosales, la caliente grama y los residuos de maleza de los días calurosos a lo largo de la costa. Lentamente, las blancas alas del bote se movían contra el fresco límite azul del cielo. Adelante estaba el rizado océano y las muchas islas benditas.

"Ese es un deporte para uno", dijo Tom, asintiendo. "Me gustaría estar allí con él una hora".

Almorzamos en el comedor, oscurecido también contra el calor y tomamos alegría nerviosa con la fría cerveza.

"¿Qué haremos esta tarde?" exclamó Daisy, "¿Y el día después, y los próximos treinta año?"

"No seas mórbida", dijo Jordan. "La vida comienza de nuevo cuando el otoño se hace fresco".

"Pero hace tanto calor", insistió Daisy, al borde de las lágrimas, "y todo es tan confuso. ¡Vámonos todos a la ciudad!"

Su voz luchaba a través del calor, golpeándolo, moldeando su sinsentido en formas.

"He oído acerca de hacer un garaje a partir de un establo, pero soy el primer hombre que ha convertido un garaje en un establo".

"¿Quién quiere ir a la ciudad?" demandó Daisy insistentemente. Los ojos de Gatsby flotaron hacia ella. "Ah", exclamó ella. "Te ves tan genial".

Sus ojos se encontraron y se vieron solos en el espacio. Con esfuerzo, ella miró hacia la mesa.

"Siempre te ves tan genial", repitió

Ella le había dicho que lo amaba y Tom Buchanan lo vio. Estaba atónito. Su boca se abrió un poco, y miró a Gatsby y luego a Daisy, como si acabara de reconocer a alguien que había conocido hacía mucho tiempo.

"Te pareces a la propaganda del hombre" continuó inocentemente. "Tú sabes la propaganda del hombre… "

"Muy bien", intervino Tom rápidamente, "estoy perfectamente de acuerdo con ir a la ciudad. Vamos – vayamos todos a la ciudad".

Se levantó, sus ojos aun destellando entre Gatsby y su esposa. Nadie se movió.

"¡Vamos!" Su temperamento salió un poco a flote. "¿Cuál es el problema, de cualquier forma? Si vamos a ir a la ciudad, hagámoslo".

Con su mano temblando por el esfuerzo de controlarse, se llevó lo que quedaba de su cerveza a los labios. La voz de Daisy nos puso de pie y de salida a la ardiente vía de grava.

"¿Simplemente nos vamos? ¿Así? ¿No vamos a dejar que alguien se fume un cigarrillo primero?"

"Todo el mundo fumó durante el almuerzo".

"Oh, vamos a divertirnos", le imploró. "Hace mucho calor para molestarse".

No respondió.

"Haz lo que te parezca", dijo ella. "Vamos Jordan".

Subieron a arreglarse, mientras nosotros tres nos quedamos allí, estrujando las piedritas calientes con los pies. Una curva plateada de la luna flotaba ya en el cielo occidental. Gatsby comenzó a hablar, cambió de idea, pero no antes que Tom girara y lo enfrentara expectante.

"¿Tiene sus establos aquí?" Preguntó Gatsby con esfuerzo.

"A un cuarto de milla de aquí por este camino"

"Oh"

Una pausa

"No veo cual es la idea de ir a la ciudad" estalló Tom salvajemente. "Las mujeres se meten ideas en la cabeza… "

"¿Llevaremos algo de beber?" preguntó Daisy desde una de las ventanas de arriba.

"Voy a buscar whisky", respondió Tom y entró en la casa.

Gatsby se volvió hacia mí rígidamente:

No puedo decir nada en su casa, amigo".

"Ella tiene un voz indiscreta", comenté. "Está llena de... "Dudé.

"Su voz está llena de dinero", dijo de repente.

Era eso. Nunca lo había entendido antes. Estaba llena de dinero – ese era el encanto inagotable que subía y caía, la melodía, la canción del timbal – Alta en un palacio blanco, la hija del rey, la chica de oro...

Tom salió de la casa envolviendo un cuarto de botella en una toalla, seguido por Daisy y Jordan que llevaban pequeños sombreros apretados de tela metálica y capas ligeras sobre sus brazos.

"¿Vamos todos en mi auto?" sugirió Gatsby. Sintió el cuero verde del asiento caliente. "Debí haberlo dejado en la sombra".

"¿Es sincrónico?" preguntó Tom.

"Sí".

"Bien, tome mi cupé y permítame llevar su auto a la ciudad".

La sugerencia le resultó de mal gusto a Gatsby.

"No creo que tenga mucha gasolina", objetó.

"Tiene suficiente gasolina", dijo Tom ruidosamente. Miró el medidor. "Y si se le acaba, puedo detenerme en una farmacia. Se puede comprar de todo en una farmacia hoy en día".

Una pausa siguió a este comentario aparentemente sin sentido. Daisy miró a Tom frunciendo el ceño, e inmediatamente una expresión indefinida, definitivamente poco familiar y vagamente reconocible pasó por la cara de Gatsby.

"Vamos Daisy" dijo Tom presionándola con la mano hacia el auto de Gatsby. "Te voy a llevar en este vagón de circo."

"llévate a Nick y a Jordan. Te seguiremos en el cupé"

Caminó junto a Gatsby, tocando su chaqueta con la mano.

Jordan, Tom y yo nos sentamos en el asiento del frente del auto de Gatsby, Tom empujó los cambios desconocidos tentativamente y salimos disparados al calor opresivo dejándolos atrás, fuera de nuestra vista.

"¿Viste eso?" preguntó Tom.

"¿Ver qué?"

Me miró vivamente, dándose cuenta que Jordan y yo debíamos haberlo sabido todo el tiempo.

"Ustedes creen que soy bastante tonto, ¿No es así?" sugirió.

"Quizás lo soy, pero tengo una... casi una segunda visión, algunas veces, que me dice que hacer. Quizás no lo crean, pero la ciencia... "

Hizo una pausa. La contingencia inmediata lo alcanzó y lo sacó del borde del abismo teórico.

"He hecho una pequeña investigación sobre este tipo", continuó. "Pude haberla hecho más a fondo si hubiese sabido... "

"¿Quieres decir que fuiste a ver una médium?" Preguntó Jordan divertida.

"¿Qué?" Confundido nos miró mientras nos reíamos. "¿Una médium?"

"Acerca de Gatsby".

"¡Acerca de Gatsby! No, no lo he hecho. Dije que he estado haciendo una pequeña investigación sobre su pasado.

"Y encontraste que fue un hombre de Oxford", dijo Jordan amablemente.

"¡Un hombre de Oxford!" Exclamó incrédulo. "¡Como el diablo! Usa un traje rosado"

"Sin embargo, es un hombre de Oxford"

"Oxford, New Mexico", resopló Tom "O algo así"

"Oye Tom. Si tú eres tan esnob, ¿Por qué lo invitaste a almorzar?" Preguntó Jordan enojada.

"Daisy lo invitó; lo conocía desde antes de casarnos. ¡Dios sabe dónde!"

Todos estábamos irritados ahora con el efecto de la cerveza desvanecido, y consciente de ello, continuamos por un rato en silencio. Entonces, cuando los ojos descoloridos del doctor T. J.

Eckleburg aparecieron en el camino, recordé la advertencia de Gatsby sobre la gasolina.

"Tenemos suficiente para llegar a la ciudad", dijo Tom.

"Pero hay una gasolinera en ese taller allí", objetó Jordan. "No quiero que nos quedemos parados con este calor quemante".

Tom frenó con impaciencia y llegamos a una abrupta parada polvorienta bajo el anuncio de Wilson. Después de un momento, el propietario salió del interior del establecimiento y miró con ojos vacíos al auto.

"¡Necesitamos gasolina!", exclamó Tom bruscamente. "¿Por qué crees que nos paramos? - ¿Para admirar la vista?"

"Estoy enfermo", dijo Wilson sin moverse. "He estado enfermo todo el día"

"¿Cuál es el problema??"

"Estoy agotado".

"¿Bien, me surto yo mismo? Demandó Tom. "Sonabas muy bien en el teléfono",

Con esfuerzo, Wilson dejó la sombra y el apoyo de la puerta y respirando pesadamente, quitó la tapa del tanque. Bajo la luz del sol, su cara se veía verde.

"No era mi intención interrumpir su almuerzo", dijo, "pero necesito el dinero urgentemente y me preguntaba que iba a hacer con su auto viejo"

"¿Qué te parece este? Preguntó Tom. "Lo compré la semana pasada"

"Es un bonito color amarillo", dijo Wilson mientras tensaba la manilla.

"¿Te gustaría comprarlo?"

"Una gran oportunidad", sonrió Wilson débilmente. "No, pero podría ganar dinero con el otro".

"¿Por qué quieres dinero, tan de repente?

"He estado aquí demasiado tiempo. Quiero irme. Mi esposa y yo queremos irnos al Oeste".

"Tu esposa quiere", exclamó Tom sorprendido.

"Ella ha estado hablando sobre eso por diez años". Descansó un momento apoyándose en la bomba, protegiéndose los ojos. "Y ahora va a ir, lo quiera o no. Me la voy a llevar lejos".

El cupé pasó como una centella con una estela de polvo y una mano saludó rápidamente.

"¿Cuánto te debo?" demandó Tom rudamente.

"Me enteré de algo raro hace dos días", comentó Wilson. "Por eso es que me quiero ir. Por eso es que estado molestándolo con lo del auto".

"¿Cuánto te debo?"

"Un dólar veinte".

El implacable golpe de calor estaba comenzando a confundirme y tuve un mal momento allí antes de darme cuenta, que hasta ahora, su sospecha no estaba relacionada con Tom. Él había descubierto que Myrtle tenía algún tipo de vida sin él, en otro mundo, y el shock lo había enfermado físicamente. Me le quedé viendo y luego a Tom, quien había hecho el mismo descubrimiento, menos de una hora antes – y se me ocurrió que no había diferencia entre los hombres, en inteligencia o raza, tan profunda como la diferencia entre estar enfermo y estar sano. Wilson estaba tan enfermo que se veía culpable, imperdonablemente culpable – como si acabase de preñar a una pobre chica.

"Voy a dejar que tengas el auto" dijo Tom. "Lo enviaré mañana por la tarde".

Ese sitio era siempre vagamente inquietante, incluso en el amplio resplandor de la tarde, y volteé como si algo me hubiese advertido que había algo atrás. Sobre la montaña de cenizas, los ojos gigantes del doctor T. J. Eckleburg mantenía su vigilia, pero después de un momento, percibí que otros ojos nos miraban con peculiar intensidad desde una distancia menor a veinte pies.

En una de las ventanas sobre la gasolinera, las cortinas se habían apartado un poco, y Myrtle Wilson estaba mirando al auto. Estaba tan absorta que no tenía idea que estaba siendo observada, y una emoción seguida de otra apareció en su cara como objetos en una foto que era revelada poco a poco. Su expresión era curiosamente familiar, era una expresión que había visto a menudo en las caras de otras mujeres, pero en la cara de Myrtle Wilson parecía sin sentido e inexplicable hasta que me di cuenta que sus ojos, agrandados por celos feroces, estaban fijos no en Tom, sino en Jordan Baker, a quien había confundido con su esposa.

* * *

No hay confusión como la confusión de una mente simple y mientras nos alejábamos Tom estaba sintiendo los latigazos calientes del pánico. Su relación con su esposa y su querida, hasta hacía una hora antes segura e inviolable, se le escapaba precipitadamente fuera de control. El instinto le hizo pisar el acelerador con la doble intención de pasar a Daisy y dejar a Wilson atrás y volamos hacia Astoria a cincuenta millas por hora, hasta que entre las vigas de arañas del elevado, vimos el cupé azul que se desplazaba tranquilamente.

"Esas grandes películas en la Fiftieth Street son geniales", sugirió Jordan. "Me encanta New York en las tardes de verano, cuando las calles están vacías. Hay algo muy sensual acerca de eso – como frutas demasiado maduras, y que todas fuesen a caer en tus manos".

La palabra "sensual" tuvo el efecto de inquietar aún más a Tom, pero antes que pudiera inventar una protesta, el cupé se detuvo y Daisy nos hizo señas para que nos pusiéramos a su lado.

"¿Para dónde vamos?" Exclamó.

"¿Qué tal al cine?"

"Hace tanto calor", se quejó. "Vayan ustedes, nosotros pasearemos y después nos encontramos". Con esfuerzo su ingenio surgió débilmente.

"Nos encontraremos en alguna esquina. Yo seré el hombre fumándome dos cigarrillos ".

"No podemos discutir esto ahora", dijo Tom impacientemente cuando un camión hizo sonar su insultante pitazo detrás de nosotros. "Síganme al lado sur de Central Park, frente al Plaza".

Varias veces volteó buscando el auto y si el tránsito los detenía, bajaba la velocidad hasta que aparecían. Pienso que temía que se lanzaran por alguna calle alterna y salieran de su vida para siempre.

Pero no lo hicieron. Y tomamos el menos explicable paso de alquilar el salón de una suite en el Hotel Plaza.

La larga y tumultuosa discusión que terminó metiéndonos a todos en ese cuarto se me escapa, aunque tengo el agudo recuerdo físico que, en el medio de ella mi interior se mantuvo trepando como una serpiente húmeda alrededor de mis piernas y gotas intermitentes de sudor corrían frías por mi espalda. La noción surgió con la sugerencia de Daisy que alquiláramos cinco baños y tomáramos duchas frías y luego asumió algo más tangible como encontrar "un lugar para tomar un cóctel de menta".

Cada uno de nosotros dijo una y otra vez que esa era una "loca idea" todos hablábamos a la vez con un recepcionista confundido que creyó, o pretendió creer que éramos muy divertidos.

La habitación era grande y sofocante, y aunque eran casi las cuatro, abrir las ventanas solo permitió ráfagas desde los arbustos del Parque. Daisy se dirigió hacia el espejo y se paró de espalda a nosotros, arreglándose el pelo.

"Es una suite excelente", susurró Jordan respetuosamente y todos reímos.

"Abran otra ventana", ordenó Daisy sin volverse.

"Ya no hay más".

"Bien, entonces llamemos por teléfono para pedir un hacha"

"Lo que hay que hacer es olvidarse del calor", dijo Tom impaciente. "Lo haces diez veces peor quejándote por ello".

Sacó la botella de whisky de la toalla y la puso sobre la mesa.

"¿Por qué no la deja tranquila, amigo? Comentó Gatsby. "Usted fue quien quiso venir a la ciudad".

Hubo un momento de silencio. La guía telefónica se cayó del clavo que la sujetaba y golpeó contra el piso, después de lo cual Jordan susurró, "¡perdón!", pero esta vez nadie rió.

"Yo la recogeré", me ofrecí.

"Ya la tengo". Gatsby examinó el cordel roto, masculló "¡Hum!" con interés y lanzó la guía sobre una silla.

"Esa es una gran expresión suya, ¿no es así?" dijo Tom con agudeza.

"¿Qué cosa?"

"Todo ese asunto de 'amigo'. ¿De dónde la sacó?"

"Mira ahora Tom", dijo Daisy volviéndose desde el espejo, "si vas a hacer comentarios personales, no me quedaré ni un minuto más. Llama y ordena hielo para el cóctel de menta".

En el momento que Tom tomaba el teléfono, el calor comprimido se convirtió en sonido y estábamos escuchando los portentosos acordes de la Marcha Nupcial de Mendelssohn desde el salón de baile.

"¡Imagínense casándose con alguien en este calor!" Exclamó Jordan con desánimo.

"Sin embargo — me casé a mitad de junio", recordó Daisy. "¡Louisville en junio! Alguien se desmayó ¿Quién fue el que se desmayó Tom?"

"Biloxi", respondió brevemente.

"Un hombre llamado Biloxi. 'Cajas' Biloxi, porque hacía cajas — eso es un hecho — y era de Biloxi, Tennessee".

"Lo llevaron a mi casa", apuntó Jordan, porque vivíamos a apenas dos casas de la iglesia. Y se quedó tres semanas, hasta que mi papi le dijo que tenía que irse. El día después de que se fue, mi papi murió". Después de un momento añadió: "No hubo ninguna conexión entre esos hechos".

"Yo solía conocer a un Bill Biloxi, de Memphis", comenté.

"Ese era su primo. Conocí toda la historia de su familia antes que se fuera. Me dio un putter de aluminio que todavía uso"

La música se había apagado al comenzar la ceremonia y ahora, una larga ovación se oía por la ventana, seguida de intermitentes "¡Sí-sí-sí!" y finalmente por un estallido de jazz cuando el baile comenzó.

"Nos estamos poniendo viejas", dijo Daisy. "Si fuésemos jóvenes, nos habríamos levantado a bailar".

"¿Recuerdas Biloxi? Le previno Jordan. "¿De dónde lo conociste Tom?"

"¿Biloxi? Se concentró con esfuerzo. "No lo conocía. Era amigo de Daisy".

"No lo era", negó. "Nunca lo había visto antes. Vino en un vagón privado".

"Bien, él dijo que te conocía. Dijo que había sido criado en Louisville. Asa Bird lo llevó en el último minuto y preguntó si había puesto para él".

Jordan sonrió.

"Probablemente quería un aventón gratis hacia su casa. Me dijo que había sido presidente de tu clase en Yale".

Tom y yo nos miramos sin comprender.

"¿Biloxi?"

"En primer lugar, no teníamos ningún presidente… "

El pie de Gatsby golpeó un corto e inquieto tamborileo y Tom lo miró de repente.

"A propósito, Mr. Gatsby, entiendo que es un hombre de Oxford".

"No exactamente".

"Oh sí, entiendo que usted fue a Oxford".

"Sí, sí fui".

Una pausa. Y luego, la voz de Tom, incrédula e insultante:

"Debe haber ido allí al mismo tiempo que Biloxi fue a New Haven".

Otra pausa. Un mesonero tocó la puerta y entró con menta triturada y hielo, pero el silencio no se rompió con su "Gracias", y la puerta que se cerró suavemente. Este tremendo detalle se iba a aclarar por fin.

"Le dije que fui allí", dijo Gatsby.

"Lo oí, pero quiero saber cuándo"

"Fue en mil novecientos diecinueve, solo permanecí allí cinco meses. Por eso es que realmente no me puedo llamar un hombre de Oxford"

Tom miró alrededor para ver si compartíamos su incredulidad. Pero todos estábamos viendo a Gatsby.

"Fue una oportunidad que le dieron a algunos de los oficiales después del armisticio", continuó. "Podíamos asistir a cualquiera de las universidades en Inglaterra o Francia".

Quería levantarme y palmearle la espalda. Tuve unas de esas totales renovaciones de fe en él que había experimentado antes.

Daisy se levantó, sonriendo tenuemente y se fue a la mesa.

"Abre el whisky Tom", ordenó, "Y te haré un cóctel de menta, así no te sentirás tan estúpido... ¡Mira la menta!".

"Espera un minuto", estalló Tom. "Quiero hacerle una pregunta más a Mr. Gatsby".

"Adelante", dijo Gatsby amablemente.

"¿Qué tipo de pelea está tratando de causar en mi casa?

Había planteado la situación abiertamente y Gatsby estaba contento.

"Él no está causando una pelea", Daisy miró desesperadamente del uno al otro. "Tú estás causando la pelea. Por favor, ten un poco de auto control".

"¡Auto control!" Repitió Tom incrédulo. "Supongo que la última moda es sentarse y dejar que Mr. Nadie de Ninguna parte le haga el amor a la esposa. Bien, si esa es la idea, no cuenten conmigo... Hoy en día la gente comienza por burlarse de la vida familiar y las instituciones familiares y luego tirarán todo por la borda y tendrán matrimonios interraciales entre negros y blancas".

Enrojecido con su apasionada jeringonza, se veía a sí mismo solo, en la última barrera de la civilización.

"Aquí todos somos blancos", murmuró Jordan.

"Yo sé que no soy muy popular. No doy grandes fiestas. Supongo que tienes que convertir tu casa en un chiquero para tener amigos en el mundo moderno".

Enojado como estaba, como todos lo estábamos, sentí la tentación de reírme cada vez que abría la boca. La transición de libertino a mojigato era completa.

"Tengo algo que decirte amigo... Comenzó Gatsby. Pero Daisy adivinó su intención.

"¡Por favor, no!" Lo interrumpió desvalida. "Por favor vámonos todos a casa. ¿Por qué no nos vamos todos a casa?"

"Esa es una buena idea", me levanté. "Vamos Tom, nadie quiere una bebida".

"Quiero oír lo que Mr. Gatsby tiene que decirme".

"Su esposa no lo ama", dijo Gatsby. "Nunca lo ha amado. Me ama a mí"

"¡Debe estar loco!" Exclamó Tom automáticamente.

Gatsby se paró de un salto, vívido con emoción.

"Nunca lo amó, ¿me oye?" Gritó. "Sólo se casó con usted porque yo era pobre y se cansó de esperarme. Fue un terrible error, pero en su corazón ella nunca amó a nadie excepto a mí".

En ese momento, Jordan y yo tratamos de irnos, pero Tom y Gatsby con firmeza competitiva insistieron que nos quedáramos, como si ninguno de ellos tuviera algo que esconder y que sería un privilegio participar indirectamente en sus emociones.

"Siéntate, Daisy", la voz de Tom buscó sin éxito un tono paternal. "¿Qué ha estado pasando? Quiero oírlo todo".

"Le dije lo que ha estado pasando", dijo Gatsby. "Ha estado pasando durante cinco años, y no lo sabía".

Tom se volvió hacia Daisy abruptamente.

"¿Has estado viendo a este tipo durante cinco años?"

"No viéndonos", dijo Gatsby. "No, no pudimos reunirnos; pero nos hemos amado durante todo ese tiempo, amigo, y no lo sabía. Algunas veces solía reírme – pero no había risa en sus ojos – "Al pensar que no lo sabía"

"Oh, eso es todo". Tom golpeó las puntas de sus gruesos dedos, como un clérigo y se recostó en la silla.

"¡Está loco!", explotó. "No puedo hablar sobre lo que pasó cinco años atrás porque no conocía a Daisy entonces, y me condenaré si llego a entender cómo pudo estar siquiera a una milla de Daisy a menos que trajera los víveres por la puerta trasera, pero el resto es una maldita mentira. Daisy me amaba cuando se casó conmigo y aún me ama".

"No", dijo Gatsby sacudiendo la cabeza.

"Sin embargo me ama. El problema es que a veces tiene ideas tontas en su cabeza y no sabe lo que hace". Asintió sagazmente. "Más aun, yo amo a Daisy también. De vez en cuando me voy de juerga y cometo tonterías, pero siempre regreso y en mi corazón siempre la amo".

"Eres repugnante", dijo Daisy. Se volvió hacia mí y su voz, una octava más baja, llenó el salón con un desdén emocionante: "¿Sabes por qué nos vinimos de Chicago? Me sorprende que no te hayan contado la historia de esa pequeña juerga".

Gatsby caminó y su paró a su lado.

"Daisy, ya todo terminó", dijo con seriedad. "Ya no importa. Sólo dile la verdad – que nunca lo amaste – todo ha desaparecido para siempre".

Ella lo miró con ojos vacíos. "Porque - ¿cómo posiblemente podría amarlo?"

"Nunca lo amaste".

Ella dudó. Sus ojos se posaron en Jordan y en mí con algo de súplica, como si por fin se hubiese dado cuenta de lo que estaba haciendo, y como si nunca, en todo ese tiempo, hubiese intentado hacer algo jamás. Pero ya estaba hecho. Era muy tarde.

"Nunca lo amé", dijo con una renuencia perceptible.

"¿Ni siquiera en Kapiolani?" Reclamó Tom repentinamente.

"No".

Desde el salón de baile de abajo acordes amortiguados y sofocantes se deslizaban sobre ondas de aire calientes.

"¿Ni siquiera el día que te cargué desde el Punch Bowl para que mantuvieras tus zapatos secos?" Había una ronca ternura en su tono... "¿Daisy?".

"Por favor, no". Su voz era fría, pero el rencor se había ido de ella. Miró a Gatsby. "Bien, Jay", dijo. Pero al tratar de encender un cigarrillo, su mano estaba temblando. De repente, tiró el cigarrillo y el fósforo encendido a la alfombra.

"¡Oh, quieres demasiado!" Le gritó a Gatsby. "Te amo ahora. ¿No es suficiente? No puedo hacer nada con lo pasado. Comenzó a sollozar desvalidamente. "Sí lo amé una vez, pero te amé también".

Los ojos de Gatsby se abrieron y cerraron.

"¿Me amaste *también*?" Repitió Gatsby.

"Incluso eso es una mentira", dijo Tom violentamente. "Ella no sabía que estaba vivo. Porque, hay cosas entre Daisy y yo que nunca sabrá. Cosas que ninguno de los dos pueda alguna vez olvidar".

Las palabras parecían morder físicamente a Gatsby.

"Quiero hablar con Daisy a solas", insistió él. "Ahora está muy nerviosa",

"Incluso a solas no puedo decir que nunca amé a Tom", admitió con una voz triste. "No sería verdad".

"Por supuesto que no", estuvo de acuerdo Tom.

Se volvió hacia su esposo.

"Cómo si te importara", dijo.

"Por supuesto que me importa, voy a cuidar de ti mejor de ahora en adelante".

"Usted no entiende", dijo Gatsby con un toque de pánico. "Usted no va a cuidar de ella nunca más".

"¿No?" Tom abrió los ojos por completo y se rió. Ahora podía permitirse el controlarse. "¿Por qué?".

"Daisy lo va a dejar".

"Tonterías".

"Sin embargo, lo voy a hacer", dijo ella con un esfuerzo visible.

"¡No me va a dejar!" Las palabras de Tom repentinamente cayeron sobre Gatsby. "Ciertamente no por un estafador que tendría que robarse el anillo que pondría en su dedo".

"¡No soportaré esto!" gritó Daisy. "Por favor, salgamos".

"¿Quién es usted, de cualquier manera?" Estalló Tom. "Usted es parte de ese grupo que se reúne con Meyer Wolfshiem. Ocurre que yo sé eso. He investigado un poco sus negocios, y averiguaré aún más mañana".

"Haga lo que quiera con eso, amigo", dijo Gatsby firmemente.

"Averigüé que eran sus 'farmacias'. Se volvió hacia nosotros y habló rápidamente. "Él y el tal Wolfshiem compraron un lote de farmacias clandestinas aquí y en Chicago y vendían alcohol de maíz ilícitamente. Esa es una de sus pequeñas tretas. Pensé en él como un contrabandista de licores la primera vez que lo vi y no estaba muy equivocado.

"¿Y qué pasa con eso?" Dijo Gatsby amablemente. "Creo que su amigo Walter Chase no era tan orgulloso como para no participar en él".

"Y lo dejó en la estacada, ¿no fue así? Dejó que estuviera preso durante un mes en New Jersey. ¡Dios! ¡Debería oír a Walter cuando habla de *usted*!

"Él vino a nosotros completamente quebrado Estaba muy contento de obtener algo de dinero, amigo"

"¡No me llame 'amigo!'" Gritó Tom. Gatsby no dijo nada. "Walter pudo haberlo hecho arrestar en base a las leyes contra las apuestas también, pero Wolfshiem lo asustó para que se callara".

Esa poco familiar, aunque reconocible mirada, había regresado a la cara de Gatsby.

"El negocio de las farmacias era dinero suelto", continuó Tom lentamente, "pero está metido en algo ahora que Walter tiene miedo de contármelo".

Le di una mirada a Daisy, que estaba mirando aterrada entre Gatsby y su esposo; y a Jordan que había comenzado a balancear un objeto invisible, pero absorbente, en la punta de su quijada. Luego me volví hacia Gatsby y su expresión me sorprendió. Parecía – y esto está dicho con mucho pesar, por la calumnia que se contaba en su jardín – como si hubiese "matado a un hombre". Por un momento su cara podía ser descrita de esa fantástica manera.

La expresión de su cara pasó, y él comenzó a hablarle a Daisy excitadísimo, negando todo, defendiendo su nombre contra acusaciones que no se habían hecho aún. Pero con cada palabra ella se hundía más y más dentro de sí misma, así que él abandonó su defensa y sólo el sueño muerto siguió peleando mientras la tarde se iba, tratando de tocar lo que ya no era tangible, luchando infelizmente, con desesperación, hacia esa voz perdida del otro lado del cuarto.

La voz suplicó para irse de nuevo,

"¡*Por favor,* Tom! Ya no soporto más esto".

Sus ojos asustados anunciaban que cualesquiera intenciones, cualquier valor que ella hubiese tenido se habían ido definitivamente.

"Ustedes dos váyanse a casa, Daisy", en el auto de Mr. Gatsby"

Ella miró a Tom, alarmada ahora, pero él insistió con un desprecio magnánimo.

"Vayan. No te molestará. Creo que él se ha dado cuenta que su presuntuoso, pequeño flirteo, ha desaparecido".

Salieron, sin una palabra, rotos, accidentados, como fantasmas, incluso de nuestra lástima.

Después de un momento, Tom se levantó y comenzó a envolver la botella de whisky sin abrir en la toalla.

"¿Quieren algo de esto? ¿Jordan?.... ¿Nick?"

No respondí.

"¿Nick?" Preguntó de nuevo.

"¿Qué?"

"¿Quieres un poco?"

"No… Acabo de recordar que hoy es mi cumpleaños".

Tenía treinta años. Ante mí se abría el portentoso, amenazante camino de una nueva década.

Eran las siete cuando llegamos al cupé con él y nos dirigimos a Long Island. Tom hablaba innecesariamente, estaba exultante y se reía, pero su voz estaba tan lejos de Jordan y de mí cómo el clamor extranjero en la acera o el tumulto del elevado arriba. La simpatía humana tiene sus límites y estábamos contentos con dejar sus trágicas discusiones desvanecerse con las luces de la ciudad que quedaban atrás. Treinta. La promesa de una década de soledad, una pequeña lista de solteros por conocer. Pero Jordan estaba a mi lado, quien, al contrario de Daisy, era demasiado sabia para jamás llevar sueños bien olvidados a través de los años. Mientras pasábamos por el oscuro puente, su pálida cara cayó descansadamente contra el hombro de mi abrigo y el formidable golpe de los treinta años se desvaneció con la reconfortante presión de su mano.

Así que condujimos hacia la muerte a través de la fresca penumbra.

El joven griego Michaelis, que administraba el café al lado de las pilas de ceniza fue el principal testigo en la investigación. Había dormido en el calor hasta antes de la cinco, cuando caminó hasta el taller y encontró a George Wilson enfermo en su oficina. Verdaderamente enfermo, tan pálido como su propio cabello y con todo el cuerpo temblándole. Michaelis le aconsejó que se fuera a la cama, pero Wilson se negó, diciéndole que perdería un montón de trabajo si lo hacía. Mientras su vecino trataba de persuadirlo, un violento alboroto se formó arriba de la oficina.

"Tengo a mi esposa trancada allá arriba", explicó Wilson con calma. "Se va a quedar allí hasta pasado mañana y entonces nos mudaremos".

Michaelis estaba asombrado; habían sido vecinos durante cuatro años, y Wilson nunca había parecido ni remotamente capaz de decir algo así. Generalmente era uno de esos hombres agotados; cuando no estaba trabajando se sentaba en una silla en la entrada y miraba a la gente y los autos que pasaban por la carretera. Cuando alguien le hablaba, generalmente se reía de una forma agradable e insípida. Él era el hombre de su esposa y no el suyo propio.

Así que Michaelis intentó averiguar qué había pasado, pero Wilson no dijo nada. En lugar de eso, comenzó a lanzarle miradas curiosas y sospechosas a su visitante y a preguntarle que había estado haciendo a ciertas horas en ciertos días. Justo cuando había comenzado a sentirse incómodo, unos trabajadores pasaron frente a la puerta en dirección a su restaurante y Michaelis aprovechó la oportunidad para escaparse, pensando en regresar más tarde, pero no lo hizo. Supuso que se le olvidó y eso fue todo. Cuando volvió a salir, algo después de las siete, recordó la conversación porque oyó la voz de Mrs. Wilson, fuerte y en tono de regaño en el piso de abajo del taller.

"¡Pégame!", la oyó gritar. "Tírame al piso y golpéame, sucio, pequeño cobarde",

Un momento después, ella corrió hacia el anochecer, moviendo la mano y gritando. Antes que él pudiera apartarse de la puerta, todo había terminado.

El "auto de la muerte", como lo llamaron los periódicos, no se detuvo. Salió de la oscuridad, vaciló trágicamente por un momento y luego desapareció en la siguiente curva. Mavro Michaelis ni siquiera estaba seguro de su color. Le dijo al primer policía que era un verde claro. El otro auto, que iba hacia New York se detuvo a unas cien yardas después y su conductor se dirigió rápidamente de regreso hasta donde Myrtle Wilson, su vida extinguida violentamente, estaba arrodillada en la carretera y mezclaba su oscura, gruesa sangre con el polvo.

Michaelis y ese hombre llegaron a ella primero, pero cuando le abrieron la blusa, aún húmeda con el sudor, vieron que su pecho izquierdo colgaba suelto como una aleta y no había necesidad de oír su corazón debajo de él. Su boca estaba completamente abierta y un poco arrugada en las comisuras, como si se hubiese ahogado un poco al dejar salir la tremenda vitalidad que había guardado por tanto tiempo.

* * *

Vimos los tres o cuatro automóviles y la gente cuando aún estábamos a cierta distancia

"¡Choque!" Dijo Tom, "Eso es bueno. Wilson va a tener algo de trabajo después de todo".

Rebajó la velocidad, pero aún sin ninguna intención de detenerse, hasta que, al acercarnos, las silenciosas, intensas caras de la gente a las puertas del taller, lo hicieron frenar automáticamente.

"Vamos a echar una mirada", dijo dudando. "Sólo una mirada".

Me di cuenta entonces de un sonido hueco, de llanto, que salía incesantemente del taller, un sonido que, cuando salíamos del cupé y caminábamos hacia la puerta, se convirtió en las palabras "¡Oh, Dios mío!" Pronunciadas una y otra vez con un gemido sollozante.

"Aquí hay un problema grave", dijo Tom excitado.

Se acercó de puntillas y miró sobre un círculo de cabezas dentro del taller, que estaba alumbrado solo por una luz amarilla que se mecía colgando de una cesta de metal arriba. Luego hizo un sonido áspero con su garganta, y con un impulso violento de sus poderosos brazos empujó a todos.

El círculo se cerró de nuevo con un continuo murmullo de discusión; eso fue un minuto antes de que pudiera ver cualquier cosa. Unos recién llegados rompieron la línea y Jordan y yo fuimos empujados repentinamente hacia adentro.

El cuerpo de Myrtle Wilson, envuelto en una sábana y en otra más, como si sufriera de frío en la noche caliente, yacía sobre una mesa de trabajo pegada a una pared y Tom, con su espalda hacia nosotros, estaba inclinado sobre la mesa, sin moverse. Al lado de él estaba un policía motorizado anotando nombres con mucho sudor y corrección en un librito. Al principio no pude localizar la fuente de las palabras gimientes que se repetían en un clamor a través del desnudo taller, entonces vi a Wilson parado sobre el alto umbral de su oficina, moviéndose hacia adelante y hacia atrás y apoyándose en los marcos de la puerta con ambas manos. Un hombre le hablaba en voz baja e intentaba, de vez en cuando, poner una mano sobre su hombro, pero Wilson no oía ni veía. Sus ojos se movían lentamente de la luz que se balanceaba a la mesa pegada a la pared con su carga y de nuevo a la luz y emitía incesantemente ese alto, horrible lamento: "¡Oh, mi Dios! ¡Oh, mi Dios! ¡Oh, Dios! ¡Oh, mi Dios!"

En ese momento Tom levantó la cabeza de un tirón y después de mirar alrededor del taller con ojos vidriosos, le masculló un comentario incoherente al policía.

"M-a-v- "decía el policía. "-o-"

"No. r-"corrigió el hombre, "M-a-v-r-o-"

"¡Óigame!" masculló Tom con fiereza.

"r-"dijo el policía, "-o-"

"g-"

"g-"Miró a Tom cuando su ancha mano cayo duramente sobre su hombro. "¿Qué quiere, hombre?"

"¿Qué pasó? Eso es lo que quiero saber"

"Un auto la golpeó. Muerta instantáneamente".

"Muerta instantáneamente", repitió Tom, contemplativo.

"Huyó por la carretera. El hijo de perra ni siquiera detuvo el auto"

"Había dos autos" dijo Michaelis, "uno venía y el otro iba, ¿ve?".

"¿Yendo para dónde?" Preguntó el policía con interés

"En ambas direcciones. Bien, ella, su mano se levantó hacia las sábanas, pero se detuvo a medio camino y la dejó caer a su lado, "ella corrió hacia allá y el que venía de New York, la golpeó en seco, iba a treinta o cuarenta millas por hora".

"¿Cómo se llama este lugar?" demandó el oficial.

"No tiene ningún nombre".

Un negro pálido, bien vestido se acercó.

"Eran un auto amarillo", dijo. "Un auto grande amarillo. Nuevo".

"¿Vio el accidente?" Preguntó el policía.

"No, pero el auto me pasó por la carretera, yendo a más de cuarenta. Yendo a cincuenta, sesenta".

"Venga aquí y denos su nombre. Preste atención. Quiero tener su nombre".

Algunas palabras de esta conversación le debieron llegar a Wilson, meciéndose en la puerta de la oficina, porque de repente un nuevo tema encontró voz entre sus gritos sostenidos: "¡No tiene que decirme que clase de auto era! ¡Yo sé qué clase de auto era!"

Al observar a Tom, vi que la masa de músculos detrás de su hombro se contrajo bajo su abrigo. Caminó rápidamente hacia Wilson y parándose frente a él, lo tomó firmemente por sus antebrazos.

"Tienes que controlarte", dijo con aspereza calmante.

Los ojos de Wilson cayeron sobre Tom, se puso de puntillas y habría caído de rodillas de no haber sido por Tom que lo mantuvo derecho.

"Oye", dijo Tom, sacudiéndolo un poco. Acabo de llegar de New York hace un minuto, te traía el cupé del que habíamos estado hablando. El auto amarillo que estaba conduciendo esta mañana no era mío. ¿Me oyes? No lo he visto en toda la tarde".

Solo el negro y yo estábamos lo suficiente cerca para oír lo que había dicho, pero el policía noto algo en el tono y miró con ojos agresivos.

"¿Qué es todo esto?" Preguntó.

"Soy amigo de él". Tom volteó la cabeza, pero mantuvo sus manos firmes sobre el cuerpo de Wilson. "Él dice que conoce el auto que lo hizo... era un auto amarillo".

Algún vago impulso hizo que el policía mirara sospechosamente a Tom.

"¿Y de qué color es su auto?"

"Es un auto azul, un cupé".

"Hemos venido directo desde New York", dije.

Alguien que había venido conduciendo un poco atrás de nosotros lo confirmó, y el policía se fue.

"Ahora, a ver si me deja tener ese nombre de nuevo correctamente..."

Levantando a Wilson como un muñeco, Tom lo llevó hasta su oficina, lo sentó en una silla y regresó.

"Si alguien puede venir y sentarse con él" soltó autoritariamente. Vio cuando los dos hombres que estaban más cerca se miraron y renuentemente entraron al cuarto. Entonces Tom les cerró la puerta y bajó el único peldaño; sus ojos evadiendo la mesa. Al pasar cerca de mí susurró: "Vámonos".

Consciente de sí mismo, con sus brazos autoritarios abriendo camino, pasamos a través de la gente que todavía estaba reunida, y a un doctor apurado, con su maletín en la mano, que había sido llamado, con una loca esperanza, hacía media hora.

Tom condujo lentamente hasta que pasamos la curva y entonces su pie pisó el acelerador con fuerza y el cupé corrió en la noche. Oí un sollozo bajo, ronco, y vi que las lágrimas corrían por su cara.

"¡El maldito cobarde!" gimió. "Ni siquiera detuvo el auto"

***

La casa de los Buchanan apareció repentinamente ante nosotros a través de los oscuros, susurrantes árboles. Tom se detuvo al lado del porche y miró hacia el segundo piso, donde dos ventanas florecían con luz entre las viñas.

"Daisy está en casa", dijo. Cuando salíamos del auto, me miró y frunció el ceño levemente.

Debí haberte dejado en West Egg, Nick. No hay nada que podamos hacer esta noche.

Un cambio había aparecido en él y habló con gravedad y decisión. Mientras caminábamos, por la grava alumbrada por la luna, hacia el porche despachó la situación con unas pocas frases enérgicas.

"Llamaré a un taxi para que te lleve a casa y mientras esperan, es mejor que tú y Jordan vayan a la cocina y que les preparen comida. Si quieren. Abrió la puerta. "Entren".

"No, gracias. Pero estaré agradecido si me llamas un taxi. Esperaré afuera".

Jordan puso su mano en mi brazo.

"¿No vas a entrar, Nick?"

"No, gracias".

Me estaba sintiendo un poco mal y quería estar solo. Pero Jordan se quedó un momento más.

"Son apenas las nueve y media", dijo.

Ni con un demonio entraría; ya había tenido suficiente de todos ellos por ese día, y de repente eso incluyó a Jordan también. Ella debió haber visto algo en mi expresión, porque se volvió abruptamente y corrió por las escaleras del porche hacia la casa. Me senté durante algunos minutos con la cabeza entre mis manos, hasta que oí que tomaban el teléfono, y luego la voz del mayordomo llamando un taxi. Entonces caminé lentamente por la vía, alejándome de la casa, con la intención de esperarlo en el portón de entrada.

No me había alejado veinte yardas cuando oí mi nombre y Gatsby salió entre dos arbustos hacia el camino. Debía haberme sentido muy raro, porque no pude pensar en nada, excepto en la luminosidad de su traje rosado bajo la luna.

"¿Qué estás haciendo?" Pregunté

"Sólo parado aquí, amigo"

De alguna manera parecía una situación despreciable, porque, hasta donde me parecía, iba a robar la casa en cualquier momento. No me habría sorprendido ver caras siniestras, las caras de "la gente de Wolfshiem" detrás de él en los oscuros arbustos.

"¿Encontraste algún problema en la carretera?" Preguntó después de un minuto.

"Sí".

Dudó.

"¿Estaba muerta?"

"Sí".

"Eso pensé; le dije a Daisy que eso era lo que pensaba. Era mejor que el shock pasara de una vez. Ella lo aguantó muy bien".

Habló como si la reacción de Daisy era lo único que le importaba.

"Llegué a West Egg por un camino alterno", continuó, "y dejé el auto en mi garaje. No creo que alguien nos viera, pero por supuesto, no puedo estar seguro".

Me disgustaba tanto ahora que no creí necesario decirle que estaba equivocado.

"¿Quién era la mujer?" Preguntó,

"Su nombre era Wilson. Su esposo es dueño del taller. ¿Cómo diablos pasó?"

"Bien, intenté hacer girar el volante... "Se interrumpió, y de repente adiviné la verdad.

"¿Daisy estaba manejando?"

"Sí", dijo después de un momento. "Pero, por supuesto, diré que era yo. Sabes, cuando salimos de New York ella estaba muy nerviosa y pensó que manejar la calmaría... y esta mujer se apareció frente a nosotros justo cuando estábamos pasando un auto que venía de frente. Todo pasó en un minuto, pero me pareció que nos quería hablar, como si fuésemos alguien que ella conocía. Bien, al principio Daisy se apartó de la mujer hacia el otro auto y después se asustó y giró de nuevo. En el segundo que mi mano buscó el volante, sentí el choque. Debe haberla matado instantáneamente".

"La abrió por completo".

"No me digas eso, amigo". Él parpadeó. "De cualquier manera, Daisy pisó el acelerador. Traté de hacer que se detuviera, pero no podía. Así que halé el freno de mano. Ella cayó sobre mi regazo y yo continué manejando".

"Ella estará bien mañana", dijo en seguida. "Yo sólo voy a esperar aquí y ver si él intenta molestarla por lo desagradable de esta tarde". Ella se trancó en su cuarto y si él intenta alguna brutalidad, ella va a apagar y encender la luz del cuarto".

"Él no va a tocarla", dije. "Él no está pensando en ella".

"No confío en él, amigo".

"¿Cuánto tiempo vas a esperar?"

"Toda la noche si es necesario. En cualquier caso, hasta que todos se vayan a la cama".

Una nueva posibilidad me ocurrió. Supón que Tom descubra que era Daisy quien estaba manejando. Podría pensar que había una conexión. Podría pensar cualquier cosa. Miré hacia la casa; había dos o tres ventanas brillando y la luz rosada del cuarto de Daisy en la planta baja.

"Espera aquí", dije. "Voy a ver si hay alguna señal de una conmoción",

Caminé de regreso por el borde de la grama, atravesé por la grava suavemente y caminé de puntillas por la escalera de la terraza, las cortinas del salón estaban abiertas y vi que estaba vacío. Al cruzar el porche donde habíamos cenado aquella noche de junio hacía tres meses, llegué a un pequeño rectángulo de luz que supuse era la ventana de la despensa. La persiana estaba cerrada, pero encontré una grieta en el alféizar.

Daisy y Tom estaban sentados en lugares opuestos en la mesa de la cocina, con un plato de pollo frito frío entre ellos y dos botellas de cerveza. Él le estaba hablando intensamente a ella y en su sinceridad su mano había caído y cubierto la suya. De vez en cuando, ella lo miraba y asentía en señal de acuerdo.

No estaban felices y ninguno de los dos había tocado ni el pollo ni las cervezas. Y sin embargo, tampoco se veían infelices. Había un indiscutible aire de intimidad natural en la imagen, y cualquiera habría dicho que estaban conspirando.

Cuando regresaba de puntillas por el porche, oí mi taxi, sintiendo que venía por el oscuro camino hacia la casa. Gatsby estaba esperando donde lo había dejado en el camino.

"¿Está todo tranquilo allá?" Preguntó ansiosamente.

"Sí, todo está tranquilo". Dudé un momento. "Deberías venirte a casa y dormir un poco".

Negó con la cabeza.

"Quiero esperar aquí hasta que Daisy se vaya a la cama. Buenas noches, amigo".

Puso sus manos en los bolsillos de su chaqueta y regresó con entusiasmo a su escrutinio de la casa, como si mi presencia hubiese manchado la santidad de su vigilia. Así que me fui y lo dejé parado allí bajo la luz de la luna – vigilando nada.

VIII

No pude dormir toda la noche; una bocina de niebla sonaba incesantemente en el Estrecho, y me revolvía medio enfermo entre la grotesca realidad y salvajes, aterradores sueños. Hacia el amanecer oí un taxi ir por la vía de Gatsby e inmediatamente salté de la cama y comencé a vestirme. Sentía que tenía algo que decirle, algo que advertirle y en la mañana ya sería demasiado tarde.

Al cruzar por su grama, vi que su puerta todavía estaba abierta y estaba apoyado contra la mesa en la sala, abrumado por la aflicción o el sueño.

"Nada pasó", dijo débilmente. "Esperé y cerca de las cuatro, se asomó a la ventana y se paró allí por un minuto luego apagó la luz".

Su casa nunca me había parecido tan enorme como esa noche cuando recorrimos los grandes cuartos buscando cigarrillos. Apartamos unas cortinas que parecían pabellones y palpamos varios pies de paredes oscuras buscando interruptores de luz. Una vez tropecé con algún tipo de impacto sobre las teclas de un piano fantasmal. Había una inexplicable cantidad de polvo por todas partes y los cuartos estaban mohosos, como si no se hubiesen aireado por muchos días. Encontré un humificador sobre una mesa desconocida con dos cigarrillos rancios, secos adentro. Abriendo las ventanas francesas del salón nos sentamos fumando en la oscuridad.

"Deberías irte", dije. "Es muy seguro que encontrarán tu auto".

"¿Irme ahora, amigo?"

"Vete a Atlantic City por una semana, o a Montreal".

Él no lo consideraría. No podría dejar a Daisy hasta que supiera que iba a hacer ella. Se aferraba a alguna última esperanza y yo no podía soportar la idea de darle una sacudida para librarlo de ella.

Fue esa noche cuando me contó la extraña historia de su juventud con Dan Cody. Me lo contó porque "Jay Gatsby" se había roto como vidrio contra la dura malicia de Tom y la larga extravagancia secreta se había terminado. Creo que habría reconocido cualquier cosa, sin reserva, pero quería hablar sobre Daisy.

Ella fue la primera chica "de bien" que había conocido jamás. Bajo distintas circunstancias él había llegado a estar en contacto con ese tipo de gente, pero siempre con un imperceptible alambre de púas entre él y ellos. La encontraba excitantemente deseable. Había ido a su casa, al principio con otros oficiales de Camp Taylor y luego solo. La casa lo impresionó, nunca había estado en una casa tan hermosa antes. Pero lo que le daba un aire de intensidad que lo dejaba sin aliento, era que Daisy vivía allí. La casa era algo tan casual para ella como su tienda en el campamento lo era para él. Había un misterio fuerte acerca de ella, la sospecha de habitaciones arriba más hermosas y frescas que otras habitaciones, de actividades radiantes y divertidas que tenían lugar en los corredores, romances que no eran mustios y en lavanda, sino que eran frescos, respiraban y olían como los brillantes autos nuevos de ese año y bailes con flores que apenas estaban marchitas. Lo excitaba también que muchos hombres ya habían amado a Daisy. Eso aumentaba su valor ante sus ojos. Sentía la presencia de ellos por toda la casa, impregnando el aire con sombras y ecos de emociones que aún vibraban en ella.

Pero él sabía que estaba en la casa de Daisy debido a un accidente colosal. Sin importar cuan glorioso podría ser su futuro como Jay Gatsby, en ese momento era un joven sin un centavo, sin pasado y además, la excusa invisible de su uniforme podría desaparecer en cualquier momento. Así que aprovechó su tiempo al máximo. Tomó lo que podía tomar, voraz e inescrupulosamente; eventualmente tomó a Daisy una noche de octubre. La tomó porque no tenía el real derecho de tocar su mano.

Podría haberse despreciado a sí mismo, porque ciertamente la había tomado bajo falsas pretensiones. No quiero decir que él hubiese mencionado sus millones fantasmas, sino que deliberadamente le dio a Daisy un sentido de seguridad; dejó que creyera que era una persona de su mismo estrato social. Que era completamente capaz de cuidar de ella. De hecho, no tenía ninguno de esos medios. No tenía una familia acomodada que lo apoyara y estaba a la orden de un gobierno impersonal que podría enviarlo a cualquier parte del mundo.

Pero no se despreció por ello y las cosas no salieron como se había imaginado. Probablemente había intentado tomar lo que fuera e irse, pero encontró que se había comprometido a perseguir un grial. Sabía que Daisy era extraordinaria, pero no se había dado cuenta de cuan extraordinaria una chica "de bien" podía ser. Ella se desvaneció en su rica casa, en su rica, completa vida dejando a Gatsby con nada. Él se vio casado con ella, eso fue todo.

Cuando se volvieron a ver, dos días después, era Gatsby quien estaba sin aliento, quien se sintió, de alguna forma, traicionado. El porche de su casa estaba resplandeciente con el lujo comprado del brillo de las estrellas. El mimbre del sofá crujió elegantemente cuando ella se volvió hacia él y él besó su boca curiosa y adorable. Ella había atrapado un resfriado y eso hacía su voz ronca y más encantadora que nunca y Gatsby estaba abrumadoramente consciente de la juventud y el misterio que la riqueza encierra y preserva, de la frescura de muchas ropas y de Daisy brillando como plata, segura y orgullosa por encima de las ardientes luchas de los pobres.

* * *

"No puedo describirte cuan sorprendido estaba al descubrir que la amaba, amigo, incluso por un momento tuve la esperanza de que me botara, pero no lo haría, porque ella estaba enamorada de mí también. Ella pensaba que yo sabía mucho porque yo sabía cosas diferentes a las que ella sabía... Bien, allí estaba yo, muy lejos de mis ambiciones, enamorándome más profundamente cada minuto y, de repente, ya no me importaba. ¿Qué importancia tenía hacer grandes cosas, si podía sentirme mejor diciéndole lo que iba a hacer?".

En la última tarde antes que fuera enviado al exterior, se sentó con Daisy en sus brazos durante un largo y silencioso tiempo. Era un día frío, con fuego en la sala y con sus mejillas enrojecidas. De vez en cuando se movía y él cambiaba sus brazos un poco y una vez besó su oscuro pelo brillante. La tarde los había tranquilizado por un tiempo, como para darles un profundo recuerdo por la larga partida que el nuevo día prometía. Nunca habían estado más cercanos en su mes de amor, ni se habían comunicado más profundamente, que cuando ella rozo con labios silenciosos el hombro de su abrigo, o cuando él tocó la punta de sus dedos gentilmente, como si estuvieran dormidos.

* * *

Le fue extraordinariamente bien en la guerra. Ya era capitán antes de ir al frente y luego de las batallas de Argonne ascendió a mayor y obtuvo el comando de la división de ametralladoras. Después del armisticio, trató frenéticamente de volver a casa, pero algunas complicaciones o malentendidos lo enviaron a Oxford. Estaba preocupado entonces. Había una cualidad de desespero nervioso en las cartas de Daisy. No entendía por qué no podía volver. Ella estaba sintiendo la presión del mundo ahí afuera y quería verlo, sentir su presencia a su lado y estar segura que estaba haciendo lo correcto después de todo.

Porque Daisy era joven y su mundo artificial estaba impregnado de orquídeas y esnobismo agradable y alegre y orquestas que marcaban el ritmo del año, resumiendo la tristeza y la sugerencia de la vida en nuevas melodías. Toda la noche los saxofones gemían sus notas sin esperanza del "Beale Street Blues" mientras que cien pares de zapatillas doradas y plateadas se movían sobre el polvo brillante. A la hora gris del té, siempre habían cuartos que palpitaban incesantemente con esa baja, dulce fiebre, mientras que caras frescas se movían por todas partes como pétalos de rosas lanzadas por las tristes cornetas alrededor del piso.

A través de este crepuscular universo Daisy comenzaba a moverse de nuevo con la estación; de repente otra vez mantenía media docena de citas al día con media docena de hombres, manteniéndose media dormida al amanecer con las cuentas y el chiffon de un vestido de noche enredado entre orquídeas marchitas en el piso al lado de su cama. Y todo el tiempo, algo dentro de ella clamaba por tomar una decisión. Quería que su vida tomara forma ahora, inmediatamente, y la decisión debía ser tomada por cualquier fuerza – de amor, dinero o incuestionable practicidad – que estuviera a la mano.

Esa fuerza tomó forma en el medio de la primavera con la llegada de Tom Buchanan. Había un volumen corporal saludable acerca de esta persona y su posición. Daisy se sentía halagada. Sin lugar a dudas había una cierta lucha y cierto alivio. La carta le llegó a Gatsby cuando aún estaba en Oxford.

* * *

Ya era de madrugada en Long Island y comenzamos a abrir el resto de las ventanas de abajo, llenando la casa con una luz que se volvía gris y dorada. La sombra de un árbol caía abruptamente a través del rocío y pájaros fantasmagóricos comenzaron a cantar entre las hojas azules. Había un lento y agradable movimiento en el aire, apenas una brisa que prometía un día fresco, encantador.

"No creo que alguna vez lo amara". Gatsby volteó desde una ventana y me miró desafiante. "Debes recordar, amigo, que ella estaba muy excitada esta tarde. Le dijo todas esas cosas de una forma que la asustaron. Como si yo fuera algún tipo de estafador barato y el resultado fue que ella apenas sabía lo que estaba diciendo".

Se sentó entristecido.

"Por supuesto que ella pudo haberlo amado por un minuto, cuando estaban recién casados, y amarme más a mí incluso entonces. ¿Ves?"

De repente, salió con un comentario curioso.

"En cualquier caso", dijo, "fue solo personal".

¿Qué podía uno pensar de eso, excepto el sospechar alguna intensidad en su concepción de un romance que no podía ser medido?

Él regresó de Francia cuando Tom y Daisy aún estaban de luna de miel e hizo un miserable pero irresistible viaje a Louisville con la última paga del ejército. Se quedó allí durante una semana, caminando por las calles donde sus pasos habían sonado juntos a través de la noche de noviembre y volviendo a visitar esos sitios lejanos a los que habían ido en el auto blanco de ella. De igual manera que la casa de Daisy siempre le había parecido a él más misteriosa y feliz que las otras casas, así era su idea de la ciudad misma, que, aunque ella se había ido de allí, estaba impregnada con una belleza melancólica.

Se fue sintiendo que si hubiese buscado aún más, podría haberla encontrado, que la estaba dejando atrás. En el vagón de segunda clase – se había quedado sin un centavo – hacía mucho calor. Salió a la plataforma abierta y se sentó en una silla plegable. La estación quedó atrás y la parte trasera de unos edificios desconocidos desfilaron frente a él. Luego salieron a los campos de primavera, donde un tranvía amarillo los acompañó por un minuto lleno de gente que alguna vez podría haber visto la pálida cara mágica de ella en la calle.

Los rieles formaban una curva y ahora se alejaban del sol, que mientras caía parecía extender una bendición sobre la ciudad evanescente donde ella había respirado. Estiró los brazos desesperadamente como para arrebatar sólo una pizca de aire, para guardar un fragmento del sitio que ella había hecho amoroso para él, pero ahora todo iba pasando demasiado rápido para sus ojos borrosos y supo que había perdido esa parte, la más fresca y la mejor, para siempre.

Eran las nueve cuando terminamos el desayuno y salimos al porche. La noche había hecho una gran diferencia en el clima y había un sabor a otoño en el aire. El jardinero, el último de los sirvientes anteriores de Gatsby, llegó hasta el pie de la escalera.

"Voy a vaciar la piscina hoy, Mr. Gatsby. Las hojas van a empezar a caer muy pronto y siempre causan problemas con la tubería".

"No lo haga hoy", respondió Gatsby. Se volvió hacia mí disculpándose. "¿Sabes, amigo? No he usado la piscina en todo el verano".

Miré mi reloj y me levanté.

"Doce minutos para mi tren".

No quería ir a la ciudad. No tenía ningún trabajo decente que hacer, pero más que eso; no quería dejar a Gatsby. Perdí ese tren y luego otro antes que pudiera irme.

"Te llamaré", dije finalmente.

"Hazlo, amigo".

"Te llamaré a mediodía"

Bajamos por las escaleras lentamente.

"Supongo que Daisy también llamará". Me miró ansiosamente, como si esperara que lo corroborara.

"Supongo".

"Bien, adiós".

Nos estrechamos las manos y comencé a alejarme. Justo antes de que alcanzara el seto, recordé algo y me volví.

"Son un grupo podrido", grité desde la grama. "Tú vales más que todo el maldito grupo ".

Siempre me ha alegrado que dijera eso. Fue el único cumplido que le hiciera jamás, porque le desaprobaba de principio a fin. Al principio asintió amablemente, y luego su cara produjo esa radiante sonrisa de entendimiento, como si hubiésemos estado en una extática complicidad sobre ese hecho todo el tiempo. Su hermoso trapo rosado con la forma de un traje produjo una gran mancha de color contra los escalones blancos, y pensé en la noche cuando fui por primera vez a su casa ancestral, hacía tres meses. La grama y el camino habían estado abarrotados con las caras de los que suponían su corrupción y él había estado parado sobre esos escalones, ocultando su sueño incorruptible, mientras les decía adiós con la mano.

Le agradecí su hospitalidad. Siempre se lo agradecíamos. Yo y los demás.

"Adiós", le dije. "Disfruté el desayuno, Gatsby".

* * *

En la ciudad intenté por un tiempo oír las cotizaciones de una interminable cantidad de bonos, luego me quedé dormido en mi silla giratoria. Justo antes del mediodía el teléfono me despertó y me dirigí hacia él con el sudor cayendo de mi frente. Era Jordan Baker. Usualmente me llamaba a esta hora debido a que la incertidumbre de sus movimientos entre hoteles, clubes y casas privadas, le hacían difícil hacerlo en otro momento. Generalmente su voz en el teléfono era algo fresco y refrescante, como si un divot de un green de una cancha de golf hubiese llegando navegando hasta mi oficina.

"Me fui de la casa de Daisy", dijo. "Estoy en Hempstead y me voy a Southampton esta tarde".

Probablemente había sido una cuestión de tacto irse de la casa de Daisy, pero eso me irritó y su nuevo comentario me dejó tieso.

"No fuiste muy amable conmigo anoche".

"¿Cómo pudo eso haber importado en ese momento?"

Hubo un silencio por un momento. Y luego:

"Sin embargo, quiero verte".

"Yo también quiero verte".

"¿Suponte que no vayas a Southampton y vengas a la ciudad esta tarde?"

"No, esta tarde no creo"

"Muy bien".

"Esta tarde es imposible. Varios… "

Hablamos de esa manera durante un tiempo y entonces, abruptamente dejamos de hablar. No sé cuál de los dos colgó de repente, pero sé que no me importó. No habría podido hablar con ella ni siquiera en una mesa de té ese día, aunque no hubiese podido hablar con ella nunca más en este mundo.

Llamé a la casa de Gatsby unos minutos después, pero la línea sonaba ocupada. Lo intenté cuatro veces. Finalmente una exasperada centralista me dijo que la línea estaba ocupada con una llamada a larga distancia desde Detroit. Saqué mi agenda y dibujé un pequeño círculo alrededor del tren de las cinco y cincuenta. Me recosté en mi silla e intenté pensar. Era justo mediodía.

* * *

Cuando pasé las pilas de ceniza en el tren esa mañana, deliberadamente me mudé al otro lado del vagón. Supuse que habría una multitud curiosa allí todo el día, con muchachitos buscando manchas oscuras en la tierra y algún parlanchín contando una y otra vez lo que había pasado, hasta que se hacía menos y menos real incluso para él mismo, y ya no podría seguir contándolo, y el trágico logro de Myrtle Wilson sería olvidado. Ahora quiero regresar un poco en el tiempo y decir que pasó en el taller después que nos fuimos la noche anterior.

Tuvieron dificultad para localizar a la hermana Catherine. Debió haber roto su regla acerca de beber esa noche, porque cuando llegó actuaba estúpidamente por el licor y era incapaz de entender que la ambulancia se había ido a Flushing. Cuando lograron convencerla de ello, inmediatamente se desmayó, como si esa hubiese sido la parte intolerable del suceso. Alguien, algo curioso, la montó en su auto y condujo tras el cuerpo de su hermana. Hasta mucho después de medianoche un grupo diferente de gente se apiñó frente al taller, mientras George Wilson se mecía hacia adelante y hacia atrás en el sofá dentro del taller. Durante un tiempo, la puerta de la oficina estuvo abierta, y todo el que entraba al taller miraba irresistiblemente a través de ella. Finalmente alguien dijo que eso era una vergüenza y cerró la puerta. Michaelis y varios hombre más estaban con él; primero, cuatro o cinco hombres, más tarde, dos o tres. Aún más tarde, Michaelis tuvo que pedirle a último extraño que esperara quince minutos más mientras él iba a su propio lugar a preparar una taza de café. Después de eso, se quedó sólo con Wilson hasta el amanecer.

Alrededor de las tres, la calidad del mascullado incoherente de Wilson cambió, se calmó y comenzó a hablar del auto amarillo. Dijo que él tenía la manera de hallar a quién le pertenecía el auto amarillo, y luego soltó que hacía un par de meses su esposa había regresado de la ciudad con la cara magullada y la nariz hinchada.

Pero cuando se oyó decir eso, se encogió y comenzó a llorar "Oh, mi Dios" de nuevo con voz quejumbrosa. Michaelis intentó torpemente distraerlo.

"¿Cuánto tiempo han estado casados?" Vamos, intenta sentarte quieto por un minuto y responde mi pregunta. "¿Cuánto tiempo han estado casados?"

"Doce años".

"¿Alguna vez tuvieron hijos?" Vamos George, siéntate quieto. Te hice una pregunta. "¿Alguna vez tuvieron hijos?"

Los duros insectos marrones seguían golpeándose contra la luz mortecina y cada vez que Michaelis oía un auto que pasaba por la carretera, le sonaba como el que no se había detenido hacía unas pocas horas. No le gustaba entrar al taller porque el mesón de trabajo estaba manchado donde el cuerpo había estado yaciendo, así que se movía incómodamente por la oficina. Conoció todos los objetos dentro de ella desde antes de la mañana y de vez en cuando se sentaba al lado de Wilson para tratar de mantenerlo quieto.

"¿Tienes alguna iglesia a donde hayas ido alguna vez, George? ¿Quizás aunque no hayas ido durante mucho tiempo?

¿Quizás podría llamar a la iglesia y pedirle al sacerdote que venga y hable contigo?"

"¿No perteneces a ninguna?"

"Debes tener una iglesia, George, para tiempos como este. Debes haber ido a una iglesia alguna vez. ¿No te casaste por la iglesia? Oye George, óyeme. ¿No te casaste por la iglesia?

"Eso fue hace mucho tiempo".

El esfuerzo por responder rompió el ritmo de su balanceo. Por un momento estuvo callado. Entonces, la misma mirada medio consciente, medio aturdida regresó a sus ojos desvanecidos.

"Busca en esa gaveta de allí", dijo señalándola.

"¿Cuál gaveta?"

"Esa gaveta, esa".

Michaelis abrió la gaveta más cercana, no había nada en ella excepto una correa de perro pequeña y cara, hecho de cuero y plata trenzada. Aparentemente estaba nuevo.

"¿Esto?" Preguntó sosteniéndolo en alto.

Wilson lo miró y asintió.

"Lo encontré ayer en la tarde. Trató de hablarme sobre él, pero yo sabía que había algo raro".

"¿Quieres decir que tu esposa lo compró?"

"Lo tenía envuelto en papel tisú en su cómoda".

Michaelis no veía nada raro en eso y le dio a Wilson media docena de razones por las cuales su esposa podría haber comprado la cadena de perro. Pero posiblemente Wilson había oído algunas de estas mismas explicaciones antes por parte de Myrtle, porque comenzó a decir "¡Oh, mi Dios!" de nuevo en un susurro. Su plegaria dejó varias explicaciones en el aire.

"Entonces él la mató". Dijo Wilson, su boca se quedó abierta repentinamente.

"¿Quién lo hizo?"

"Sé cómo averiguarlo"

"Estás siendo mórbido, George", dijo su amigo. "Esto te ha puesto mucha presión y no sabes lo que estás diciendo. Mejor intenta sentarte en silencio hasta mañana".

"Él la asesinó".

"Fue un accidente, George".

Wilson negó con la cabeza. Sus ojos se entrecerraron y su boca se extendió levemente con el fantasma de un "Hum" superior.

"Lo sé", dijo definitivamente. "Yo soy una de esas personas confiadas y no le deseo daño a nadie, pero cuando llego a saber algo, lo sé. Fue el hombre en ese auto. Ella corrió a hablarle y él no se detuvo".

Michaelis lo había visto también, pero no se le había ocurrido que tuviese algún significado especial. Creía que Mrs. Wilson estaba huyendo de su esposo en vez de tratar de detener algún auto en particular.

"¿Cómo pudo haber hecho eso?"

"Ella es muy astuta", dijo Wilson, como si eso respondiera la pregunta. "Ah-a-a-"

Comenzó a mecerse de nuevo, y Michaelis se levantó torciendo la correa en su mano.

"¿Quizás tengas un amigo al que yo pueda telefonearle, George?"

Era una esperanza vana, estaba casi seguro que Wilson no tenía amigos. No había mucho de él para su esposa. Se alegró un poco más tarde, cuando notó un cambio en el cuarto, un aumento de azul en la ventana y se dio cuenta que el amanecer no estaba muy lejos. Alrededor de las cinco estaba lo suficientemente azul afuera como para apagar la luz.

Los ojos vidriosos de Wilson se volvieron hacia las pilas de ceniza, donde pequeñas nubes grises tomaban formas fantásticas y corrían por todas partes con el tenue viento del amanecer.

"Yo hablé con ella", murmuró después de un largo silencio. "Le dije que me podría engañar, pero que no podía engañar a Dios. La llevé hasta la ventana". Con esfuerzo se levantó y caminó hasta la ventana trasera y se inclinó con la cara presionada contra esta. "Y dije, '¡Dios sabe lo que has estado haciendo, todo lo que has estado haciendo, puedes engañarme, pero no puedes engañar a Dios!'"

Parado detrás de él, Michaelis vio con sorpresa que estaba mirando a los ojos del doctor T. J. Eckleburg, que acababa de emerger, pálido y enorme desde la noche que desaparecía.

"Dios lo ve todo", repetía Wilson.

"Eso es una propaganda", le aseguró Michaelis. Algo lo hizo volverse desde la ventana y mirar de nuevo hacia el cuarto, pero Wilson se quedó parado allí durante un largo rato, con la cara cerca del cristal de la ventana, asintiendo hacia el crepúsculo.

* * *

A eso de las seis, Michaelis estaba agotado y agradecido por el sonido de un auto que se detenía afuera. Era uno de los espectadores de la noche anterior que había prometido regresar. Así que cocinó desayuno para tres, que él y el otro hombre comieron juntos. Wilson estaba más tranquilo y Michaelis fue a su casa a dormir. Cuando se despertó, cuatro horas más tarde, fue rápidamente al taller. Wilson se había ido.

Sus movimientos, andaba a pie todo el tiempo, fueron seguidos después a Port Roosvelt y luego a Gad's Hill, donde compró un sándwich que no se comió y una taza de café. Debe haber estado cansado y caminando lentamente porque no llegó a Gad's Hill hasta mediodía. Hasta ese entonces no hubo dificultad en saber sobre su tiempo. Había chicos que habían visto un hombre "actuando un poco loco" y motoristas a quienes se les había quedado viendo raro desde un lado de la carretera. Entonces, desapareció por tres horas. La policía, sobre la base de lo que le dijo a Michaelis, que él "tenía la manera de encontrarlo", supuso que había pasado ese tiempo yendo de taller en taller por allí, preguntando por un auto amarillo. Pero no apareció ningún dueño de taller que lo hubiese visto y quizás él tenía alguna forma más fácil, más segura, de hallar lo que quería saber. A las dos y media estaba en West Egg, donde le preguntó a alguien como llegar a la casa de Gatsby. Así que para ese momento ya sabía el nombre de Gatsby.

* * *

A las dos Gatsby se puso su traje de baño y dejó dicho con el mayordomo que si alguien llamaba por teléfono se lo llevaran a la piscina. Se detuvo en el garaje para sacar un colchón inflable que había divertido a sus huéspedes y el chófer lo ayudó a inflarlo, Luego dio instrucciones para que el descapotable no fuese sacado bajo ninguna circunstancia, y eso era extraño porque el guarda fango delantero derecho necesitaba ser reparado.

Gatsby tomó el colchón sobre el hombro y se dirigió hacia la piscina. Una vez se detuvo y lo movió un poco y el chófer le preguntó si necesitaba ayuda, pero negó con la cabeza y en un momento desapareció entre los árboles amarillentos.

Ningún mensaje telefónico llegó, pero el mayordomo siguió sin dormir y esperó hasta las cuatro; hasta mucho después que hubiera alguien para llevárselo si llegaba. Me parece que el mismo Gatsby no creía que llegara y quizás ya no le importaba. Si eso era cierto debe haber sentido que había perdido ese viejo tibio mundo, había pagado un precio alto por vivir demasiado tiempo con un solo sueño. Debe haber visto un cielo desconocido a través de hojas aterradoras y temblado cuando encontró que cosa tan grotesca era una rosa y que abrasadora era la luz del sol sobre la escasa hierba que apenas nacía. Un mundo nuevo material, sin ser real, donde pobres fantasmas, respirando sueños como aire, flotaban fortuitamente por... como esas pálidas, fantásticas figuras que se deslizaban hacia él a través de los amorfos árboles.

El chófer – era uno de los protegidos de Wolfshiem – oyó los disparos. Después solo pudo decir que no les había dado mucha importancia. Conduje desde la estación directamente a la casa de Gatsby y mi carrera ansiosa hasta las escaleras del frente fue la primera cosa que alarmó a todo el mundo. Pero ellos ya lo sabían, lo creo firmemente. Casi sin decir palabras, cuatro de nosotros, el chófer, el mayordomo, el jardinero y yo, corrimos hacia la piscina.

Había un débil, apenas perceptible movimiento del agua cuando su fresco flujo desde un extremo se abría camino hasta el drenaje en el otro extremo. Con pequeños rizos que apenas eran sombras de olas, el colchón con su carga se movía irregularmente por la piscina. Una pequeña ráfaga de viento que apenas onduló la superficie fue suficiente para perturbar su rumbo fortuito con su carga accidental. El contacto con un grupo de hojas lo hizo girar lentamente, trazando, como una redoma de tránsito, un círculo rojo, delgado, en el agua.

Fue después que comenzamos a llevar a Gatsby hacia la casa que el jardinero vio el cuerpo de Wilson un poco lejos de la grama, y el holocausto estuvo completo.

IX

Después de dos años recuerdo el resto de ese día, de esa noche y el día siguiente solo como un inacabable desfile de policías, fotógrafos y periodistas entrando y saliendo de la puerta principal de la casa de Gatsby. Una cuerda se extendía a lo largo del portón de entrada y un policía cerca de ella mantenía a los curiosos a raya, pero los muchachitos descubrieron que podían entrar a través de mi patio y siempre había algunos de ellos apiñados, con la boca abierta por la piscina. Alguien con una actitud positiva, quizás un detective, usó la expresión "loco" mientras se inclinaba sobre el cuerpo de Wilson esa tarde y la espontánea autoridad de su voz, marcó el tono para los reportajes de los periódicos a la mañana siguiente.

La mayoría de esos reportajes eran una pesadilla. Grotescos, circunstanciales, ansiosos y alejados de la verdad. Cuando el testimonio de Michaelis en el interrogatorio sacó a la luz la sospecha de Wilson sobre su esposa, creí que todo el cuento pronto aparecería en varios pasquines, pero Catherine, quien pudo haber dicho algo, no dijo una palabra. Ella mostró una sorprendente entereza sobre eso. Miró al forense con ojos determinantes bajo sus cejas sacadas y juró que su hermana nunca había visto a Gatsby, que estaba completamente feliz con su esposo, que su hermana jamás había cometido ninguna falta de conducta. Se convenció a sí misma de ello y lloró sobre su pañuelo, como si la sola sugerencia sobre la mala conducta de su hermana era más de lo que podía soportar. Así que Wilson fue reducido a un hombre "trastornado por la pena", para que el caso pudiera permanecer en su forma más simple. Y así sucedió.

Pero toda esta parte parecía remota y secundaria. Me encontré que estaba del lado de Gatsby y solo. Desde el momento que telefonee la noticia de la catástrofe al pueblo de West Egg, cada suposición sobre él, y cada pregunta práctica me era referida. Al principio estaba confundido y confuso, luego, mientras él yacía en su casa y no se movía, ni respiraba ni hablaba, hora tras hora, me hice más consciente de que era el responsable, porque nadie más estaba interesado; interesado, quiero decir, con ese interés personal intenso al que cada quien tiene un vago derecho al final.

Llamé a Daisy por teléfono una hora después que lo habíamos encontrado, la llamé instintivamente y sin dudar. Pero ella y Tom se habían ido temprano esa tarde llevando equipaje.

"¿No dejó ninguna dirección?"

"No".

"¿Dijeron cuándo regresarían?"

"No".

"¿Alguna idea de dónde puedan estar? ¿Cómo podría ponerme en contacto con ellos?"

"No lo sé. No podría decirle".

Quería conseguir a alguien para él. Quería entrar al cuarto donde yacía y garantizarle: "Te conseguiré a alguien, Gatsby. No te preocupes, sólo confía en mí y te conseguiré a alguien.

El nombre de Meyer Wolfshiem no estaba en la guía telefónica. El mayordomo me dio la dirección de su oficina en Broadway y llamé a información, pero para cuando conseguí el número, ya eran más de las cinco y nadie respondió el teléfono.

"¿Podría llamar de nuevo?"

"He llamado tres veces".

"Es muy importante".

"Lo siento, no hay nadie allí".

Regresé al salón y pensé por un momento que toda la gente oficial que repentinamente lo llenaban, eran visitantes casuales. Pero aunque apartaban la sábana y veían a Gatsby con ojos sorprendidos, su protesta continuaba en mi cerebro:

"Mira, amigo, tienes que conseguirme a alguien. Tienes que intentarlo con más interés. No puedo pasar por esto sólo".

Alguien comenzó a hacerme preguntas, pero me fui, subí por las escaleras y busqué rápidamente en las partes que no estaban bajo llave en su escritorio. Nunca me había dicho definitivamente que sus padres estuvieran muertos. Pero no había nada, sólo el retrato de Dan Cody, una muestra de violencia olvidada, observando desde la pared.

A la mañana siguiente envié al mayordomo a New York con una carta para Wolfshiem, donde pedía información y que viniera urgentemente en el próximo tren. Esa solicitud parecía superflua cuando la escribí. Estaba seguro que vendría cuando viera los periódicos, igual que estaba seguro que habría un telegrama de Daisy antes del mediodía. Pero no hubo telegrama, ni Mr. Wolfshiem llegó. Nadie llegó, excepto más policías, fotógrafos y periodistas. Cuando el mayordomo trajo la respuesta de Wolfshiem, comencé a tener un sentimiento de desafío, de desdeñosa solidaridad entre Gatsby y yo contra todos ellos.

Estimado Mr. Carraway. Esta ha sido una de las más terribles conmociones de mi vida. Apenas puedo creer que sea cierto. Tal acto de locura como el que ese hombre cometió nos pone a todos a pensar. No puedo ir ahora porque estoy atado a unos negocios muy importantes y no puedo mezclarme con esa situación ahora. Si hay algo que pueda hacer más tarde, déjeme saberlo en una carta a través de Edgar. Apenas puedo saber dónde me encuentro cuando oigo algo como esto y estoy completamente noqueado y fuera.

Sinceramente,
Meyer Wolfshiem

Y luego una post data.

Déjeme saber acerca del funeral, etc. no sé nada de su familia.

Cuando el teléfono sonó esa tarde y Larga Distancia dijo que era de Chicago pensé que podía ser Daisy por fin. Pero era la voz de un hombre, muy tenue y muy lejos.

"Este es Slagie al habla... "

"¿Sí?" El nombre era extraño.

"Toda una maldita noticia, ¿No es así? ¿Recibiste mi telegrama?"

"No ha habido ningún telegrama".

"El joven Parker está en problemas", dijo rápidamente. "Lo atraparon cuando entregaba los bonos falsos. Habían recibido una circular desde New York dándole los números cinco minutos antes. ¿Qué te parece? Nunca puedes estar seguro con estos pueblos provincianos... "

"¡Hola!" Lo interrumpí sin aliento. "Mire, no es Mr. Gatsby. Mr. Gatsby está muerto.

Hubo un largo silencio en el otro extreme de la línea, seguido de una exclamación... luego un rápido chillido cuando se perdió la conexión.

* * *

Creo que fue en el tercer día cuando un telegrama firmado por Henry C. Gatz llegó desde un pueblo en Minnesota. Decía que el remitente salía inmediatamente y que pospusieran el funeral hasta que llegara.

El padre de Gatsby era un viejo solemne muy indefenso y consternado, abrigado con un gabán viejo y barato en ese tibio día de septiembre. Sus ojos lagrimeaban continuamente por la emoción y cuando tomé su bolso y paraguas comenzó a halarse su escasa barba gris tan incesantemente que se me hizo difícil quitarle el abrigo. Estaba a punto de colapsar, así que me lo llevé al salón de música y lo hice sentarse mientras le ordenaba algo para comer. Pero no comería y la leche se le derramó debido al temblor de sus manos.

"Lo vi en el periódico de Chicago", dijo. "Todo estaba en el periódico de Chicago, así que me vine inmediatamente".

"No sabía cómo ponerme en contacto con usted".

Sus ojos, sin prestarle atención a nada, se movían incesantemente por el salón.

"Fue un loco", dijo. "Debe haber estado loco".

"¿No le gustaría un café?" le urgí.

"No quiero nada. Estoy bien, Mr.-"

"Carraway".

"Bueno, estoy bien. ¿Dónde tienen a Jimmy?"

Lo llevé al salón, donde su hijo yacía y lo dejé allí. Algunos muchachitos se habían acercado a la escalera y miraban hacia el salón. Cuando les dije quién había llegado, se fueron a regañadientes.

Después de algún rato, Mr. Gatz abrió la puerta y salió. Su boca estaba algo abierta, su cara ligeramente sonrojada y sus ojos dejaban escapar unas lágrimas aisladas y escasas. Él había llegado a una edad en la cual la muerte deja de ser una terrible sorpresa y cuando miró alrededor de él por primera vez y vio la estatura y el esplendor del salón y los grandes cuartos que salían de allí a otros cuartos, su pena comenzó a mezclarse con un impresionante orgullo. Lo llevé a una habitación de arriba. Mientras se quitaba su abrigo y su chaleco le dije que todos los arreglos habían sido aplazados hasta que llegara.

"No sabía que querría Mr. Gatsby…"

"Mi nombre es Gatz".

"… Mr. Gatz, pensé que querría llevarse el cuerpo al Oeste"".

Sacudió su cabeza.

"Jimmy siempre prefirió el Este. Llegó a esta posición en el Este. ¿Era amigo de mi muchacho, Mr.....?"

"Éramos muy amigos".

"Él tenían un gran futuro, sabe. Era sólo un joven, pero tenía mucho poder cerebral, aquí"

Se tocó la cabeza impresionantemente, y yo asentí.

"Si hubiese vivido, habría sido un gran hombre, como James J. Hill. Habría ayudado a construir el país".

"Eso es cierto", dije incómodamente.

Buscó a tientas la colcha bordada tratando de quitársela a la cama, y se acostó muy derecho y se quedó dormido inmediatamente.

Esa noche una persona obviamente asustada llamó y quiso saber quién era yo antes de dar su nombre.

"Es Mr. Carraway", dije.

"¡Oh!" sonó aliviado. "Soy Klipspringer".

Yo también me sentí aliviado, porque parecía prometer la presencia de otro amigo en la tumba de Gatsby. No quería que apareciera en la prensa, y atraer a una muchedumbre a una excursión turística, así que había estado llamando a unas pocas personas. Eran difícil de encontrar.

"El funeral es mañana", dije. "A las tres, aquí en la casa. Me gustaría que se lo dijera a cualquiera que pudiera estar interesado".

"Oh, lo haré", estalló apresuradamente. "Por supuesto, es posible que no vea a nadie, pero si lo hago, lo haré".

Su tono me hizo sospechar.

"Por supuesto, que usted estará allá"

"Bien, en verdad lo intentaré. La razón por la que es... "

"Espere un minuto", le interrumpí. "¿Qué tal si dice que vendrá?"

"Bien, el hecho es que... la verdad es que me estoy quedando con unos amigos aquí en Greenwhich, y esperan que me quede con ellos mañana. De hecho, hay algo así como un picnic o algo. Por supuesto que haré lo posible por librarme de ellos".

Solté un "¡Hum!" sin restricciones y me debe haber oído, porque continuó nerviosamente:

"Llamé por un par de zapatos que dejé allí. Me preguntaba si sería demasiada molestia que hiciera que el mayordomo me los enviara. Vea, son zapatos de tenis y estoy como perdido sin ellos. Mi dirección es a cargo de B. F. —"

No oí el resto del nombre porque colgué el teléfono.

Después de eso, sentí cierta pena por Gatsby. Un caballero al que telefoneé dio a entender que se merecía lo que le había pasado. Sin embargo, fue mi culpa, porque él era uno de esos que usaban burlarse más amargamente de Gatsby con el valor que le daba el licor de Gatsby, y yo debí haber sabido mejor que nadie, que no debía haberlo llamarlo.

En la mañana del funeral fui a New York para ver a Meyer Wolfshiem; no había podido localizarlo de ninguna otra manera. La puerta que abrí, aconsejado por el muchacho del ascensor, estaba marcada con "The Swastika Holding Company", y al principio parecía que no había nadie adentro, pero cuando grité "hola" varias veces en vano, una discusión estalló detrás de un tabique y eventualmente apareció una adorable judía en una puerta interior y me examinó con ojos negros, hostiles.

"No hay nadie", dijo. "Mr. Wolfshiem se fue a Chicago".

La primera parte era obviamente falsa porque alguien adentro había comenzado a silbar "The Rosary" fuera de tono.

"Por favor dígale que Mr. Carraway desea verlo"

"No puedo traerlo de Chicago. ¿Puedo?"

En ese momento, una voz, sin lugar a dudas la de Wolfshiem, dijo "Stella", desde el otro lado de la puerta.

"Deje su nombre sobre el escritorio", dijo rápidamente. "Se lo daré cuando regrese".

"Pero yo sé que está allí".

Tomó un paso hacia mí y comenzó a deslizar sus brazos, indignada, sobre su cadera.

"Ustedes los jóvenes creen que pueden meterse aquí a la fuerza cuando quieran", me regañó. "Estamos hartos y cansados de eso. Cuando digo que está en Chicago, está en Chicago".

Mencioné el nombre Gatsby.

"¡Oh-o!" Me volvió a mirar de nuevo. "Podría – ¿Cuál fue el nombre?"

Se desapareció. En un momento, Meyer Wolfshiem se paró solemnemente en la entrada, extendiendo ambos brazos. Me condujo hasta su oficina comentando, con una voz reverente, que era un momento triste para todos nosotros y me ofreció un tabaco.

"Mi recuerdo comienza con el momento en que lo conocí la primera vez", dijo. "Un joven mayor que acababa de salir del ejército y cubierto de medallas que logró en la guerra. Estaba tan mal que continuaba usando el uniforme porque no tenía dinero para comprar ropa ordinaria. La primera vez que lo vi fue cuando llegó al salón de pool de Winebrenner en la Calle Cuarenta y Tres buscando trabajo. No había comido mucho durante un par de días. "Ven, almuerza conmigo", le dije. Se comió más de cuatro dólares de comida en media hora.

"¿Usted lo inició en los negocios?" Pregunte.

"¡Iniciarlo! Yo lo hice".

"Oh".

"Lo levanté de la nada, lo saqué de la miseria. De una vez me di cuenta que era un joven caballeroso de apariencia fina. Y cuando me dijo que estuvo en Oggsford, supe que podía darle buen uso. Hice que se uniera a la American Legion y solía estar en lo más alto allí. De inmediato hizo algún trabajo para un cliente mío en Albany. Éramos muy unidos en todo" – Sostuvo dos dedos bulbosos en alto, "siempre juntos".

Me pregunté si esta sociedad había incluido la transacción de la Serie Mundial de 1919.

"Ahora está muerto", dije después de un momento, "Usted era su mejor amigo, así que quisiera saber si querrá ir a su funeral esta tarde"

"Me gustaría ir".

"Bien, entonces vaya".

Los pelos de las ventanas de su nariz temblaron ligeramente, y mientras sacudía la cabeza, sus ojos se llenaron de lágrimas.

"No puedo hacerlo, no puedo mezclarme en eso", dijo.

No hay nada en que mezclarse. Todo terminó ahora".

"Cuando un hombre es asesinado, nunca me gusta mezclarme en eso, de ninguna manera. Me mantengo fuera. Cuando era joven era diferente. Si algún amigo moría, no importaba cómo, me quedaba con él hasta el final. Puedes pensar que eso es sentimentalismo, pero así lo sentía. Hasta el crudo final".

Vi que por alguna razón, estaba decidido a no ir, así que me levanté.

"¿Usted es universitario?" Preguntó repentinamente.

Por un momento pensé que me iba a sugerir una "gonnegsión", pero solo asintió y me estrechó la mano.

"Aprendamos a mostrar nuestro agradecimiento a un hombre cuando esté vivo y no después que esté muerto". Sugirió. "Después de eso, mi propia regla es, deja todo tranquilo".

Cuando salí de su oficina el cielo se había puesto oscuro y regresé a West Egg en medio de una llovizna. Después de cambiarme de ropa, fui al lado y encontré a Mr. Gatz caminando por todas partes emocionadamente en el salón. El orgullo por su hijo y sus posesiones aumentaba continuamente y ahora tenía algo que quería mostrarme.

"Jimmy me envió esta foto". Sacó su cartera con dedos temblorosos. "Mire".

Era una fotografía de la casa, partida en las esquinas y ensuciada por muchas manos. Me señaló cada detalle con entusiasmo. "¡Mire allí!" y luego buscó admiración en mis ojos. La había mostrado tan a menudo que creo que ahora era más real para él que la misma casa.

"Jimmy me la envió. Creo que es una foto muy bonita. La muestra muy bien".

"Muy bien. ¿Lo había visto últimamente?"

"Él vino a verme hace dos años y me compró la casa en la que vivo ahora. Por supuesto que estaba quebrado cuando se fue de la casa, pero ahora veo que hubo una razón para ello. Él sabía que tenía un gran futuro por delante. Y desde que triunfó fue muy generoso conmigo".

Parecía renuente a guardar la foto, la sostuvo durante otro minuto, prolongadamente, delante de mis ojos. Luego la regresó a su cartera y sacó de su bolsillo una copia vieja y ajada de un libro llamado *Hopalong Cassidy*.

"Mire, este es un libro que él tenía cuando era un muchacho. Esto le prueba cómo era".

Lo abrió por la tapa trasera y lo giró para que lo viera. En la última solapa estaba impresa la palabra "Programa", la fecha 12 de septiembre, 1906, y abajo:

Levantarse de la cama	6:00	am
Ejercicios con mancuernas y escalar paredes	6:15-6:30	"
Estudiar electricidad, etc.	7:15-8:15	"
Trabajar	8:30-4:30	"
Baseball y deportes	4:30-5:00	"
Practicar dicción, elegancia y cómo lograrlo	5:00-6:00	"
Estudiar invenciones necesarias	7:00-9:00	"

Resoluciones Generales

No perder tiempo en Shafters o (un nombre indescifrable)

Dejar de fumar o masticar.

Un baño cada dos días

Leer un libro o revista de mejoramiento una vez por semana.

Ahorrar $ 5.00 (tachado) $ 3:00 por semana.

Portarme mejor con mis padres.

"Me encontré este libro por casualidad", dijo el viejo. "Eso le prueba cómo era. ¿No?"

"Eso se lo prueba".

"Jimmy estaba destinado a salir adelante. Siempre tenía resoluciones cómo estas o parecidas. ¿Nota lo que tiene sobre cómo mejorar su vida? Siempre fue bueno para eso. Una vez me dijo que yo comía como un cochino, y le pegué por eso".

Estaba renuente a cerrar el libro, leyendo cada punto en voz alta y luego mirándome. Pienso que esperaba que copiase la lista para mi propio uso.

Un poco antes de las tres, el ministro luterano llegó desde Flushing, e involuntariamente comencé a mirar por la ventana para ver si venían otros autos. El padre de Gatsby también lo hacía. Y a medida que pasaba el tiempo y los sirvientes entraron y se pararon en el salón, sus ojos comenzaron a parpadear ansiosamente y habló sobre la lluvia de una manera preocupada, incierta. El ministro miró su reloj varias veces, así que lo llevé a un lado y le pedí que esperara media hora. Pero no tenía sentido. Nadie llegó.

* * *

A eso de las cinco, nuestra procesión de tres autos llegó al cementerio y se detuvo bajo una fuerte lluvia junto al portón. Primero una carroza fúnebre a motor, luego Mr. Gatz, el ministro y yo en la limosina y algo más tarde, cuatro o cinco sirvientes y el cartero de West Egg en la camioneta de Gatsby. Todos mojados hasta los huesos. Cuando comenzábamos a través de portón al cementerio oí un auto detenerse y luego el sonido de alguien chapoteando sobre el suelo empapado detrás de nosotros. Miré alrededor. Era el hombre con los anteojos de ojos de búho a quien había encontrado maravillado por los libros de Gatsby en la biblioteca una noche hacía tres meses.

No lo había vuelto a ver desde entonces, No sabía su nombre, ni cómo se enteró del funeral. La lluvia caía sobre sus gruesos anteojos y se los quitó y los secó para ver la lona protectora desenrollarse de la tumba de Gatsby.

Intenté pensar en Gatsby por un momento, pero ya estaba muy lejos y sólo pude pensar, sin resentimiento, que Daisy no había enviado un mensaje o una flor. Vagamente oí a alguien murmurar "Benditos los muertos sobre los cuales cae la lluvia", y luego el hombre ojos de búho dijo "Amén a eso", con voz gallarda.

Dispersos, corrimos rápidamente hacia los autos bajo la lluvia. Ojos de búho me habló en el portón.

"No pude ir a la casa". Comentó.

"Ni nadie más".

"¡Vamos!" Comenzó. "¡Por qué, Oh Dios mío! Solían ir allí cientos de personas".

Se quitó los anteojos y los volvió a secar por dentro y por fuera.

"El pobre hijo de perra", dijo.

* * *

Uno de mis recuerdos más vívidos es el regreso al Oeste desde la preparatoria y más tarde desde la universidad para navidad. Los que iban más allá de Chicago se reunirían en la vieja, deslucida, Old Station a las seis de la tarde de cualquier diciembre con algunos amigos de Chicago, que ya participaban de sus propias alegrías navideñas, para desearles un apresurado adiós. Recuerdo los abrigos de piel de las chicas que regresaban de las pensiones de Miss tal o cual, el parloteo con alientos congelados, las manos saludando por sobre las cabezas cuando encontrábamos viejos conocidos, el cotejo de invitaciones: "¿Vas a ir donde los Ordway? ¿los Hersey? ¿los Schultz? Y los grandes boletos verdes apretados en nuestras manos enguantadas. Por último los vagones amarillo oscuro de Chicago, Milwaukee y St. Paul de los ferrocarriles que se veían tan alegres como las mismas navidades sobre las vías al lado de la entrada.

Cuando entrabamos en la noche de invierno y la nieve real, nuestra nieve, comenzaba a esparcirse a nuestro lado y brillaba en nuestras ventanas y las tenues luces de las pequeñas estaciones de Winsconsin pasaban, un agudo y salvaje frescor se sentía repentinamente en el aire. Tomábamos profundas aspiraciones de él, mientras caminábamos del coche comedor a través de las conexiones frías, indescriptiblemente consciente de nuestra identidad con este país durante una extraña hora, antes que nos fundiésemos sin distingos con él de nuevo.

Ese era mi Medio Oeste. No era el trigo, ni las praderas, ni los pueblos suecos perdidos, sino los emocionantes regresos en tren de mi juventud, las luces de las calles, las campanas de los trineos en la congelada oscuridad y las sombras de las coronas navideñas que producían las ventanas iluminadas sobre la nieve. Yo era parte de eso, un poco solemne con el sentimiento de esos largos inviernos, un poco satisfecho por crecer en la casa Carraway en una ciudad donde los hogares se siguen llamando durante décadas por el nombre de una familia. Ahora entiendo que esta ha sido una historia del Oeste, después de todo. Tom, Gatsby, Daisy, Jordan y yo éramos todos del Oeste y quizás teníamos alguna deficiencia en común que nos hacía sutilmente incapaces de adaptarnos a la vida en el Este.

Incluso cuando el Este me emocionaba al máximo, incluso cuando estaba profundamente consciente de su superioridad sobre los aburridos, extensos, abultados pueblos que están más allá del río Ohio, con sus interminables interrogatorios de los que se salvaban sólo los niños y los muy viejos – Incluso entonces, siempre había tenido para mí una cualidad de distorsión. West Egg, especialmente, todavía aparece en mis sueños más fantásticos. Lo veo como una escena nocturna del Greco: cien casas; al mismo tiempo convencionales y grotescas, agazapadas bajo un cielo sombrío, sobresaliente, y una luna sin brillo. En un primer plano, cuatro hombres solemnes, con trajes, están caminando por la acera con una camilla en la cual yace una mujer ebria con un vestido blanco para la noche. Su mano, que cuelga de un lado, brilla con joyas. Con gravedad, los hombres entran a una casa, la casa equivocada, pero nadie sabe el nombre de la mujer, y a nadie le importa.

Después de la muerte de Gatsby, el Este estaba encantando para mí, distorsionado más allá poder de corrección de mis ojos. Así que cuando el humo azul de las frágiles hojas se elevó en el aire y el viento sopló sobre la ropa húmeda tiesa sobre el alambre, decidí volver a casa.

Había una cosa que hacer antes de irme, algo incómodo y desagradable que quizás habría sido mejor dejarlo por la buena. Pero quería dejar las cosas en orden y no sólo confiar en ese mar complaciente e indiferente para barrer mi basura. Vi a Jordan Baker y hablamos sobre todo lo que nos había pasado juntos y lo que me había pasado después, y ella permaneció perfectamente inmóvil en una silla grande.

Estaba vestida para jugar golf, y recuerdo haber pensado que se veía como una buena ilustración, su quijada levantada un poco desenfadada, el color de su pelo como una hoja de otoño, su cara con el mismo bronceado como el guante sin dedos que estaba sobre su rodilla. Cuando hube terminado me dijo sin ningún comentario que estaba comprometida con otro. Lo dudé, aunque hubo varios con los que se pudo haber casado con sólo mover la cabeza, pero simulé estar sorprendido. Por un minuto pensé si no estaba cometiendo una equivocación, luego lo pensé de nuevo rápidamente, y me levanté para decirle adiós.

"Sin embargo, me dejaste", dijo Jordan repentinamente. "Me dejaste con el teléfono en la mano. Me importas un bledo ahora, pero fue una nueva experiencia para mí, y me sentí un poco aturdida por un tiempo".

Nos estrechamos las manos.

"Oh, ¿Y recuerdas?" – Añadió – "¿una conversación que tuvimos una vez acerca de manejar un auto?"

"Vaya – no exactamente".

"Me dijiste que un mal conductor estaba seguro solo hasta que se encontrara con otro mal conductor. Bien, me encontré con otro mal conductor, ¿no era así? Lo que quiero decir es que fue descuidado de mi parte hacer una suposición incorrecta. Pensé que eras más bien una persona honesta, correcta. Pensé que ese era tu orgullo secreto".

"Tengo treinta años", dije. "Soy cinco años más viejo como para mentirme a mí mismo, y lo llamo honor".

No respondió. Enojado y medio enamorado de ella y lamentándolo tremendamente, me fui.

* * *

Una tarde a fines de octubre vi a Tom Buchanan. Caminaba delante de mí por la Quinta Avenida con su manera alerta, agresiva, sus brazos ligeramente extendidos hacia adelante como para evitarse cualquier interferencia, su cabeza moviéndose rápidamente de un lado a otro, adaptándola a sus ojos inquietos. Justo cuando caminé más lento para evitar pasarlo, se detuvo y comenzó a fruncir el ceño frente a la ventana de una joyería. De repente me vio y se devolvió con la mano extendida.

"¿Qué pasa, Nick? ¿No quieres estrecharme la mano?"

"Sí, sabes lo que pienso de ti".

"Estás loco, Nick", dijo rápidamente. "Loco con un demonio. No sé cuál es el problema contigo".

"Tom", le pregunté, ¿qué le dijiste a Wilson esa tarde?"

Se me quedó viendo sin decir una palabra, y supe que había supuesto lo correcto durante esas horas perdidas. Comencé a volverme, pero vino detrás de mí y me tomó por un brazo.

"Le dije la verdad", dijo. "Llegó hasta la puerta cuando estábamos listos para irnos y cuando le mandé a decir que no estábamos, intentó subir a la fuerza. Estaba lo suficientemente loco como para matarme si no le hubiese dicho quién era el dueño del auto. Su mano estaba en un revólver en su bolsillo durante el tiempo que estuvo en la casa", se interrumpió desafiante." ¿Y qué si le dije? Ese tipo se lo merecía. Te echó tierra en la cara, al igual que a Daisy, pero era malvado. Atropelló a Myrtle como se atropella a un perro y nunca detuvo el auto"

No había nada que pudiera decir, excepto el inenarrable hecho que no era verdad.

"Y si piensas que no tuve mi cuota de sufrimiento; fíjate, cuando fui a entregar el apartamento y vi la maldita caja de galletas de perro puesta allí sobre el mueble, me senté y lloré como un niño. Por Dios, eso fue terrible"

No podía perdonarlo ni gustarme, pero vi que lo que había hecho, para él, estaba completamente justificado. Todo era muy indiferente y confuso. Ellos eran gente indiferente – Tom y Daisy – ellos destrozaban cosas y criaturas y entonces se refugiaban en su dinero, su vasta indiferencia, o lo que fuese que los mantuviera unidos, y dejaban que otra gente limpiara el desastre que habían hecho.

* * *

La casa de Gatsby todavía estaba vacía cuando me fui. La hierba de su grama estaba tan crecida como la mía. Uno de los conductores de taxi del pueblo nunca cobraba una carrera que pasara por el portón de entrada, sin detenerse por un minuto y señalar hacia adentro. Quizás fue él quien llevó a Daisy y a Gatsby hasta East Egg la noche del accidente, y quizás había inventado una historia propia acerca de todo eso. No quería oírla y lo evité cuando me bajé del tren.

Pasé los sábados por la noche en New York porque esas relucientes, deslumbrantes fiestas suyas estaban conmigo tan vívidamente, que aún podía oír la música y la risa, débil e incesante desde su jardín y los autos yendo y viniendo por su calzada a la casa. Una noche, en efecto oí un auto verdadero allí y vi sus luces detenerse en la escalera frontal. Pero no lo investigué. Probablemente era algún invitado final que había estado en el fin del mundo y no sabía que la fiesta se había acabado.

La última noche, con mi baúl lleno y mi auto vendido al tendero, fui y miré esa enorme, incoherente y deteriorada casa una vez más. Sobre las blancas escaleras, una palabra obscena, garrapateada por algún muchacho con un pedazo de ladrillo, sobresalía bajo la luz de la luna, la borré arrastrando mi zapato rasposamente a lo largo de la piedra. Luego caminé hasta la playa y me tumbé en la arena.

La mayoría de los sitios grandes de la costa estaban ahora cerrados y casi no habían luces, excepto el resplandor sombrío en movimiento de un ferry que pasaba a través del Estrecho. Y mientras la luna subía, las casas no esenciales comenzaron a desaparecer hasta que gradualmente me hice consciente de la vieja isla que floreció aquí una vez para los ojos de los marineros holandeses, un fresco territorio verde del nuevo mundo. Sus desaparecidos árboles – los que habían cedido terreno para la casa de Gatsby – una vez habían complacido con susurros al último y más grande de todos los sueños humanos; porque por un momento transitorio y encantado el hombre debe haber sostenido el aliento en presencia de este continente, compelido a una contemplación estética que ni entendió ni deseó, enfrentado por última vez en la historia con algo conmensurable con su capacidad de asombro.

Y mientras me sentaba allí, sintiéndome melancólico por el viejo mundo desconocido, pensaba en lo maravillado que estaría Gatsby cuando vio por primera vez la luz verde del final del muelle de Daisy. Había recorrido un largo camino hasta esta grama azul y su sueño le debe haber parecido tan cerca que difícilmente habría fallado en atraparlo. No sabía que ya estaba detrás de él, en alguna vasta oscuridad más allá de la ciudad, donde los oscuros campos de la república se desvanecían bajo la noche.

Gatsby creía en la luz verde, el orgásmico futuro que año tras año retrocede ante nosotros. Nos elude, pero eso no es problema, mañana correremos más rápido, extenderemos los brazos más aun... y una fina mañana....

Así que seguimos adelante, los botes contra la corriente, llevados de regreso incesantemente hacia el pasado.

Printed in Great Britain
by Amazon

28860633R00096